गुपचुप

लघु कहानी संग्रह

रजत बिंदल

ये पुस्तक मैं अपने माता पिता को समर्पित करता हूँ जिन्होंने मुझे न केवल अच्छी शिक्षा दी वरन मुझे अनुशासन सिखाया, लोगों की इज्ज़त करना सिखाया, सबके दुःख सुख में शामिल होना सिखाया तथा देश और समाज को आगे बढाने की कला सिखाई . उन सभी रिश्तेदार व् मित्रों को समर्पित जिन्होंने मेरा उत्साह वर्धन किया और हर पायदान पर मेरा साथ दिया .

क्रम-सूची

भूमिका   vii

पावती (स्वीकृति)   ix

  1. बुढ़िया   1

  2. शिक्षा   4

  3. प्रॉमिस्ड लैंड   7

  4. इतिहास को याद करें   10

  5. पुरुषों का त्रिया चरित्र   12

  6. दीवाली का गणित   14

  7. सच्चे दोस्त   16

  8. स्पर्श   18

  9. नेग   21

10. "प्रबंधन"   24

11. रिश्तों की एक्सपायरी डेट   26

12. प्रोटोकॉल   28

13. बैटर आप्शन   31

14. भीख   35

15. मुस्कुराने वाली बुढ़िया   39

16. इत्तफाक   41

17. नया जमाना   49

18. सर्किल ऑफ़ लाइफ   52

19. आप चैंपियन हैं   55

20. देवरानी - जेठानी   57

क्रम-सूची

21. पुराना चावल — 60

22. एटीट्यूड — 62

23. नया फ़ोन — 65

24. पापा की शादी — 67

25. परेशानियाँ दूर करने वाला पेड़ — 70

26. बदली हुई सास — 73

27. मौत के करीब — 77

28. नासमझ अपराधी — 79

भूमिका

ये किताब छोटी छोटी कहानियों का संग्रह है .

दरअसल में ये कहानियाँ नहीं हैं वरन हमारी रोजमर्रा की जिंदगी में होने वाली छोटी छोटी घटनाओं का संकलन है जो हमारे दिल को झकझोर जाती हैं और स्मृति पटल पर एक अमिट छाप छोड़ जातीं हैं .

ये घटनाएं हमारी जीवन शैली को परिवर्तित करने की क्षमता रखती हैं और कुछ नया सोचने को बाध्य कर देती हैं .

आइये इन लघु कहानियों पर एक नजर डालें और समाज के प्रति अपना दृष्टिकोण निर्धारित करके एक अच्छे समाज के गठन की ओर अग्रसर होने का प्रयास करें.

पावती (स्वीकृति)

ये पुस्तक विभिन्न स्रोतों से प्राप्त लघु कहानियों का संकलन है .

बहुत सारे लघु कहानियों के लेखकों की रचनाओं को एक जगह ला कर पाठकों को लाभान्वित करने का प्रयास है .

इस कड़ी में मै उन सभी लेखक व् लेखिकाओं का धन्यवाद देता हूँ जिन्होंने उच्च कोटि की रचनाएं लिखीं .

इसी क्रम में मैं निम्न लेखक लेखिकाओं का आभार व्यक्त करता हूँ , रेनू अग्रवाल जी, मन जी, प्रो. अंजना गर्ग, सीमा मधुरिमा जी, शालिनी सनोरिया , प्रीता झा , सर्वेश तिवारी श्रीमुख , रचित सतीजा , विजया डालमिया , प्रीती सक्सेना , सुजाता गुप्ता .

इसके अतिरिक्त उन सभी अनाम लेखक व् लेखिकाओं का भी धन्यवाद जिन्होंने रचनाएं लिखीं पर अज्ञात रह गए .

1

कुछ दिन पहले एक परिचित के घर गया था। जिस वक्त घर में मैं बैठा था, उनकी मेड घर की सफाई कर रही थी। मैं ड्राइंग रूम में बैठा था, मेरे परिचित फोन पर किसी से बात कर रहे थे। उनकी पत्नी चाय बना रही थीं। मेरी नज़र सामने वाले कमरे तक गई, जहां मेड फर्श पर पोछा लगा रही थी।

अचानक मेरे कानों में आवाज़ आई।

"बुढ़िया अभी ज़मीन पर पोछा लगा है, नीचे पांव मत उतारना। मैं बार-बार यही नहीं करती रहूंगी।"

मैंने अपने परिचित से पूछा, "मां कमरे में हैं क्या?

"हां।"

"जब तक चाय बन रही है, मैं मां से मिल लेता हूं।"

"हां, हां। लेकिन रुकिए, अभी-अभी शायद पोछा लगा है, सूख जाए,फिर जाइएगा।"

"क्यों? गीला है तो मेड दुबारा लगाएगी। नहीं लगाएगी तो थोड़े निशान रह जाएंगे फर्श पर। क्या फर्क पड़ेगा?"

परिचित थोड़ा हैरान हुए । भैया ऐसा क्यों कह रहे हैं?

तब तक मैं कमरे में चला गया था। गीले पर्श पर पांव के खूब निशान उकेरता हुआ।

मैं मां के पास गया। मैंने उनके पांव छुए और फिर उनसे कहा कि चलिए आप भी ड्राइंग रूम में, वहां साथ बैठ कर चाय पीते हैं। चाय बन रही है। भाभी रसोई में चाय बना रही हैं।

मैंने इतना ही कहा था। मां एकदम घबरा गईं।

"अरे नहीं , अभी फर्श पर पांव नहीं रखना है। फर्श गीला है न, मेरे पांव के निशान पड़ जाएंगे।"

"पांव के निशान पड़ जाएंगे? वाह! फिर तो मैं उनकी तस्वीर उतार कर बड़ा करवा कर फ्रेम में लगाऊंगा। आप चलिए तो सही।"

पर मां बिस्तर से नीचे नहीं उतर रही थीं। उन्होंने कहा कि तुम चाय पी लो बेटा।

तब तक मेरे परिचित भी मां के कमरे तक आ गए थे।

उन्होंने मुझसे कहा कि मां सुबह चाय पी चुकी है। आप आइए भैया ।

"नहीं। मां के साथ मैं यहीं कमरे में चाय लूंगा।"

चमकते हुए टाइल्स पर मेरे जूते के निशान बयां कर रहे थे कि मैंने जानबूझ कर कुछ निशान छोड़े हैं। वो समझ नहीं पा रहे थे कि आखिर मैंने ऐसा किया ही क्यों?

उन्होंने मुझसे तो कुछ नहीं कहा, लेकिन मेड को उन्होंने आवाज़ दी। "बबिता, जरा इधर आना। इधर भैया के पांव के निशान पड़ गए हैं, उन्हें साफ कर देना।"

बबीता ने गीला पोछा फर्श पर लगाया। जैसे ही फर्श की दुबारा सफाई हुई मैं फिर खड़ा होकर उस पर चल पड़ा। दुबारा निशान पड़ गए।

अब बबिता हैरान थी। मेरे परिचित भी। तब तक उनकी पत्नी भी कमरे में आ चुकी थीं।

उन्होंने कहा, " भैया, आइए चाय रखी है।"

मैंने परिचित की पत्नी से कहा कि 'बुढ़िया' के लिए चाय यहीं दे दीजिए।

मेरे परिचित ने मेरी ओर देखा।

मैंने कहा कि हैरान मत होइए।

वो चुप थे।

मैंने कहा कि मुझे ऐसा लगता है कि आप लोग मां को प्यार से बुढ़िया बुलाते हैं।

मेड वहीं खड़ी थी। सन्न। परिचित की पत्नी वहीं खड़ी थी, सन्न।

परिचित ने पूछा, "क्या हुआ भैया ?"

हुआ कुछ नहीं। मैंने खुद सुना है कि आपकी बबिता मां को बुढ़िया कह कर बुला रही थी। उसने मां को बिस्तर से उतरने से धमकाया भी था। यकीनन काम वाली ने मां को बुढ़िया पहली बार नहीं कहा होगा। बल्कि वो कह भी नहीं सकती उन्हें बुढ़िया। उसने सुना होगा। बेटे के मुंह से। बहू के मुंह से। बिना सुने वो नहीं कह सकती थी।

जाहिर है आप लोग प्यार से मां को इसी नाम से बुलाते होगे, तभी तो उनसे कहा।

पल भर के लिए धरती हिलने लगी थी। गीले फर्श पर हज़ारों निशान उभर आए थे।

मेरे परिचित के छोटे-छोटे पांव के निशान वहां उभरे हुए हैं। बच्चा भाग रहा है। मां खेल रही है बच्चे के साथ-साथ। एक निशान, दो निशान, निशान ही निशान। मां खुश रही है। बेटे के पांव देख कर कह रही है, देखो तो इसके पांव के निशान। बेटा इधर से उधर दौड़ रहा था। दौड़ता जा रहा था, पूरे घर में।

बुढ़िया रो रही थी। बहू की आंखें झुकी हुई थीं। बबिता चुप थी।

"भैया, गलती हो गई। अब नहीं होगा ऐसा। भैया बहुत बड़ी भूल थी मेरी।"

मेरे परिचित अपनी आंखें पोंछ रहे थे।

मैं चल पड़ा। सिर्फ इतना कह कर कि आँखें ही पोंछनी चाहिए। उस फर्श को तो चूम लेना चाहिए जहां मां के पांव के निशान पड़े हों।

2

शिक्षा

बहुत समय पहले की बात है, किसी नगर में एक बेहद प्रभावशाली महंत रहते थे। उन के पास शिक्षा लेने हेतु दूर दूर से शिष्य आते थे। एक दिन एक शिष्य ने महंत जी से सवाल किया, स्वामीजी आपके गुरु कौन है? आपने किस गुरु से शिक्षा प्राप्त की है?

महंत शिष्य का सवाल सुन मुस्कुराए और बोले, मेरे हजारो गुरु हैं। यदि मै उनके नाम गिनाने बैठ जाऊ तो शायद महीनो लग जाए, फिर भी मै अपने तीन गुरुओ के बारे मे तुम्हे जरुर बताऊंगा।

मेरा पहला गुरु था एक चोर.....एक बार में रास्ता भटक गया था और जब दूर किसी गाव में पंहुचा तो बहुत देर हो गयी थी। सब दुकाने और घर बंद हो चुके थे। लेकिन आख़िरकार मुझे एक आदमी मिला जो एक दीवार में सेंध लगाने की कोशिश कर रहा था।

मैने उससे पूछा कि मै कहां ठहर सकता हूं, तो वह बोला की आधी रात गए इस समय आपको कहीं कोई भी आसरा मिलना बहुत मुश्किल होंगा, लेकिन आप चाहे तो मेरे साथ आज कि रात ठहर सकते हो। मै एक चोर हूं और अगर एक चोर के साथ रहने में आपको कोई परेशानी नहीं होंगी तो आप मेरे साथ रह सकते है।

वह इतना प्यारा आदमी था कि मै उसके साथ एक रात कि जगह एक महीने तक रह गया। वह हर रात मुझे कहता कि मै अपने काम पर जाता हूं, आप आराम करो, प्रार्थना करो। जब वह काम से आता तो मै

उससे पूछता की कुछ मिला तुम्हे? तो वह कहता की आज तो कुछ नहीं मिला पर अगर भगवान ने चाहा तो जल्द ही जरुर कुछ मिलेगा। वह कभी निराश और उदास नहीं होता था, और हमेशा मस्त रहता था। कुछ दिन बाद मैं उसको धन्यवाद करके वापस आपने घर आ गया।

जब मुझे ध्यान करते हुए सालों-साल बीत गए थे और कुछ भी नहीं हो रहा था तो कई बार ऐसे क्षण आते थे कि मैं बिलकुल हताश और निराश होकर साधना छोड़ लेने की ठान लेता था और तब अचानक मुझे उस चोर की याद आती जो रोज कहता था कि भगवान ने चाहा तो जल्द ही कुछ जरुर मिलेगा और इस तरह मैं हमेशा अपना ध्यान लगता और साधना में लीन रहता।

मेरा दूसरा गुरु एक कुत्ता था.....एक बहुत गर्मी वाले दिन मै कही जा रहा था और मैं बहुत प्यासा था और पानी के तलाश में घूम रहा था कि सामने से एक कुत्ता दौड़ता हुआ आया। वह भी बहुत प्यासा था। पास ही एक नदी थी। उस कुत्ते ने आगे जाकर नदी में झांका तो उसे एक और कुत्ता पानी में नजर आया जो की उसकी अपनी ही परछाई थी। कुत्ता उसे देख बहुत डर गया। वह परछाई को देखकर भौंकता और पीछे हट जाता, लेकिन बहुत प्यास लगने के कारण वह वापस पानी के पास लौट आता। अंततः, अपने डर के बावजूद वह नदी में कूद पड़ा और उसके कूदते ही वह परछाई भी गायब हो गई। उस कुत्ते के इस साहस को देख मुझे एक बहुत बड़ी सिख मिल गई। अपने डर के बावजूद व्यक्ति को छलांग लगा लेनी होती है। सफलता उसे ही मिलती है जो व्यक्ति डर का साहस से मुकाबला करता है।

मेरा तीसरा गुरु एक छोटा बच्चा है...मै एक गांव से गुजर रहा था कि मैंने देखा एक छोटा बच्चा एक जलती हुई मोमबत्ती ले जा रहा था। वह पास के किसी मंदिर में मोमबत्ती रखने जा रहा था। मजाक में ही मैंने उससे पूछा की क्या यह मोमबत्ती तुमने जलाई है? वह बोला, जी मैंने ही जलाई है। तो मैंने उससे कहा की एक क्षण था जब यह मोमबत्ती बुझी हुई थी और फिर एक क्षण आया जब यह मोमबत्ती जल गई। क्या तुम मुझे वह स्त्रोत दिखा सकते हो जहा से वह ज्योति आई?

वह बच्चा हँसा और मोमबत्ती को फूंख मारकर बुझाते हुए बोला, अब आपने ज्योति को जाते हुए देखा है। कहा गई वह? आप ही मुझे बताइए।

मेरा अहंकार चकनाचूर हो गया, मेरा ज्ञान जाता रहा। और उस क्षण मुझे अपनी ही मूढ़ता का एहसास हुआ। तब से मैंने कोरे ज्ञान से हाथ धो लिए।

शिष्य होने का अर्थ क्या है?

शिष्य होने का अर्थ है पूरे अस्तित्व के प्रति खुला होना। हर समय हर ओर से सीखने को तैयार रहना।कभी किसी कि बात का बुरा नहीं मानना चाहिए, किसी भी इंसान कि कही हुइ बात को ठंडे दिमाग से एकांत में बैठकर सोचना चाहिए कि उसने क्या-क्या कहा और क्यों कहा तब उसकी कही बातों से अपनी कि हुई गलतियों को समझ अपनी कमियों को दूर करना चाहिए।

जीवन का हर क्षण, हमें कुछ न कुछ सीखने का मौका देता है। हमें जीवन में हमेशा एक शिष्य बनकर अच्छी बातो को सीखते रहना चाहिए। यह जीवन हमें आये दिन किसी न किसी रूप में किसी गुरु से मिलाता रहता है, यह हम पर निर्भर करता है कि क्या हम उस महंत की तरह एक शिष्य बनकर उस गुरु से मिलने वाली शिक्षा को ग्रहण कर पा रहे हैं की नहीं।

3

प्रॉमिस्ड लैंड

मुग़ल काल से पहले मिडल ईस्ट में भारत जो जगह रही थी जिसका डिस्क्रिप्शन प्रोमिस्ड लैंड अर्थात् ख़ुदा की परफ़ेक्ट जगह है। इधर दूध और शहद की नदीयाँ बहती है- खूब वर्षा होती है- पानी की कमी नहीं है- स्त्रीयाँ हूर है और स्वर्ण के भंडार है। इस थ्योरी के चलते अनेक कबीलों ने भारत के ओर होने वाले लूट अभियान में बिन क़ासिम से लेके बाबर से नादिर शाह से अब्दाली तक आपस में मिल कर साथ लिया था। प्रोमिस्ड लैंड में सब कुछ भरपूर था- माल ऐ ग़नीमत एक अभियान में ही भरपूर प्राप्त हो जाता था।

समय के साथ अनेक क़बीलाई लोग भारत में टिक गये। मुग़ल काल में ईरानी तुरानी अफ़ग़ानी आदि नस्ले भारत में पनपी। शेर शाह के अफ़ग़ानी कांड- जिसमें हुमायूँ को दर दर भगाया था- के बाद मुग़ल अभियान में अफ़ग़ान लोगों का महत्व घट गया। अफ़ग़ान लोगों को वफ़ादार ना माना गया था - ये लोग ज़्यादा पैसे देने वाला का साथ देते और पाला बदलने में माहिर थे। शाहजहाँ काल तक अफ़ग़ान लोगों को महत्त्वता नहीं दी गई। कालांतर में नजीबउदौला और उसके पोते गुलाम क़ादिर जैसे रोहिले सरदारों ने मुग़लों की सबसे ज़्यादा खबर ली।

मुग़लों राज में ईरानी और तुरानी लोग बहुतायत में थे- तुरानी सुन्नी सेक्ट और ईरानी शिया सेक्ट। तुरानी फ़ौज और सिविल एडमिनिस्ट्रेशन में आगामी थे और ईरानी लोग हकीम शायर और दीनी केटेगरी में। देखा

जाये तो तुरानी और ईरानी लोगो का दरबार में आरक्षण था। इन्हें सबसे ज़्यादा प्रेफर किया जाता था। रंगीला के ज़माने तक ये लोग भारत आते रहे और इधर बसते गये- नौकरी तुरंत मिलती और लूटने का परमिट भी।

इनके अलावा अरबी लोग भी खूब थे जो अमूमन आर्टिलरी में काम करते। रूमी लोग तुर्की से थे - हब्शी अफ्रीका से लाये जाते। हब्शी लोग अमूमन गुलाम रूप में लाये जाते- कईयो का बधियाकरण कर खोजा बना हरम में नियुक्त कर दिया जाता। दिल्ली का अघोषित क़ानून था हब्शी दरोग़ा बनाने का । फ़रंगी अर्थात् फ़िरंगी या फ्रैंक लोग भी शाहजहाँ काल तक खूब भारत में आ रहे थे मुग़ल सर्विस में।

इन सब के अलावा हिंदुस्तानीजा नामक एक और श्रेणी थे- इस में दो प्रकार के लोग थे। बाहरी लोगों की दूसरी तीसरी पीढ़ी जो हिंदुस्तान में जन्मी थी। और स्थानीय वो लोग जो कन्वर्ट हुए थे- नवपरिवर्तित। फ़रूख़सियर ने जब जहाँदार शाह को हराने के लिए बंगाल से पलायन किया तो उसके साथ एक लंबी फ़ौज आई पुरबिया नवपरिवर्तित और हिंदुस्तानीजा लोगों की। खुशहाल चंद ने इन पुरबिया लोगों के बारे में लिखा है- ख़ुदा ने इन दीनी पुरबिया लोगों को बिना दिल, बिना शर्मओहया, बिना दया, क्रूर, लालची रूप में बनाया है। ये लोग अपने बच्चों को बाज़ार में तुरंत बेच देंगे लेकिन एक दमड़ी खर्च करने में हिचकिचा जाएँगे।इन्हें मुफ़्त का माल बहुत पसंद है। ये लोग फ़रूख़सियर के साथ दिल्ली इसी लालच में आये थे।

औरंगज़ेब के बाद मुग़ल बादशाह अक्सर प्यादा इसलिये बना क्योंकि वज़ीर और बाक़ी मंत्री पदो को लिए इन लोगों में द्वन्द होता रहा । कभी किसी का पलड़ा भारी तो कभी किसी का।

एक बात और- मुग़ल काल में खोजे/ ख़्वाजा/ किन्नर लोगों की संख्या पूरी दुनिया में सबसे ज़्यादा भारत में थी। ऐसा नहीं था कि ये लोग प्राकृतिक रूप से भारत में पैदा हो रहे थे। बल्कि इसलिए पराजित लोगों का बधियाकरण कर , हब्शी गुलामो को ऐसा बनाना मुग़ल राज की एक बड़ी उपलब्धि थी। बंगाल में एक जगह ऐसी थी जहाँ सर्वाधिक संख्या में ऐसा होता था- जहांगीर ने फ़रमान जारी कर रोकने की कोशिश भी की

थी।

अब कोई भी ये बता देगा- ये सब लोग भारत में यदि लूटने नहीं आ रहे थे तो क्या समाजसेवा करने आ रहे थे? आरक्षण का लाभ तो यहीं से इन बाहरी लोगों ने लेना शुरू किया था।भारत के प्रथम शिक्षा मंत्री मौलाना आज़ाद भी इसी श्रेणी में आते है।

रही बात बिल्डिंग बनाने की- ऐसा क्या जादू था कि ये जाहिल लोग मक़बरे आदि का निर्माण तुरंत कर डालते। मक़बरे ही मक़बरे- ऐसा लगता- आदमी मरेगा बाद में- मक़बरा पहले ही तैयार होगा। साफ़ बात है- अपहृत की हुई इमारतों को मक़बरों का रूप दिया गया था। आज भी चिह्न साफ़ दिखते है- मंशा केवल दिमाग़ के चक्षु खोल कर देखने की है।

लेखक मन जी

4
इतिहास को याद करें

हुमायूँ को चूँकि फ़ारस के शाह तहनस्प से मदद मिली थी शेर शाह से वापस दिल्ली का तख्त पाने के लिये- तो उस्मानिया/ ऑटोमैन सुल्तान सुलेमान का टाई अप मुग़लों से नहीं हो पाया। हुमायूँ को इस मोड़ पर कदाचित् अपना पंथ छोड़ फ़ारस के शाह का पंथ भी अपनाना पड़ा था- ऐसा कई इतिहासकार लोगों का मत है। ख़ैर- ऑटोमैन नेवी के कुछ जहाज़ी हुमायूँ के दरबार में थे- हमेशा सुपीरिर मोड़ में रहते थे- धौंस जमाते हुए। हुमायूँ के इंतेकाल के बाद अकबर के समय ये लोग वापस इस्तांबुल चले गये।

सुलेमान को अपने समय का क़ानून बनाने वाला माना गया है- मज़हबी दुनिया में सुलेमान को मैग्नीफिसेंट भी कहते है। मक्का और मदीना के शरीफ भी सुलेमान के नाम का खुतबा पढ़ते थे- ख़लीफ़ा मानते थे। फ़ारस के शाह का पंथ चूँकि अलहदा था- तो ये ख़लीफ़ा वाला रेस त्रिकोणीय थी। अकबर ने अपनी मुख्य बेगम मरियम के नाम से कई जहाज़ चलवाये हज के लिए। मक्का शरीफ को हर वर्ष तोहफ़े भेजता- मीर हाजी नामक मंत्री पद भी बनाया- जो आज भी भारत में एक मंत्रालय है।

अकबर की लाख कोशिश थी- मक्का में उसके नाम का खुतबा भी पढ़ा जाये- सुलेमान की नक़ल करते हुए नया दीन तक बना डाला- तुर्की हरम की भी कॉपी करी। मुख्य बेगम से हुए लड़के शहज़ादे , रखैलो से हुए

लड़के ख़ानज़ादे और हरम में और किसी औरत से हुए लड़के हरमज़ादे कहलाने की परंपरा भी कदाचित् इसी मिश्रण से शुरू हुई। इसी चक्कर में तुर्की और फ़ारसी भाषा को भी खूब सम्मान दिया गया। लेकिन अकबर को मक्का में ये सम्मान कभी नहीं मिला- अकबर के बाद के बादशाह भी ये परम्परा निभाते रहे लेकिन ख़लीफ़ा बनने का सौभाग् किसी को ना मिला।

अकबर काल में कई उज़्बेक अमीर लोगो ने लाख चाहा- साफ़वी , उस्मानिया और मुग़ल सल्तनत मिल एक महागठबंधन बनाये और दुनिया पर दीनी परचम लहरा दें। लेकिन अलग अलग पंथ होने के कारण ये हो ना सका। एक बड़ी समस्या इसमें भारतीय नवपरिवर्तित दीनी लोग और भारत में जन्मे मज़हबी लोग जिन्हें शेखज़ादा कहते थे- तुर्की और अरबी लोग इन्हें शुद्ध रक्त ना मानते थे - अपने समकक्ष ना रखते थे। तो इन तीन लुटेरे गिरोहों का गठबंधन हो ना सका अन्यथा ना जाने कितना और रक्त पृथ्वी को लहुलुहान करता।

5

पुरुषों का त्रिया चरित्र

मैं पतिदेव से," कभी सुना है त्रिया चरित्र... पुरुष भी कर लेते हैं और बदनाम हमेशा से स्त्रियां हैं,"!

पतिदेव," अच्छा किसने किया! क्या खबर लाई हो,"!

मैं," अरे कल मिसेज शर्मा मुझे मिली थीं.... अरे वही मिसेज शर्मा जिनके पतिदेव ने उनकी छोटी बहन से विवाह कर लिया है... भूल गये पिछले साल मैंने बताया था?"

पतिदेव," हां याद आया,. बताया था तुमने जाने क्या सुझा गया मिस्टर शर्मा को... अच्छा खासा परिवार था... बच्चे भी बड़े हैं... जाने क्या सोचते होंगे बेचारे... अच्छा चलो छोड़ो बताओ मिसेज शर्मा क्या कह रही थी ,"!!

मैं," मैंने उनसे पूछा था, आपने इजाजत कैसे दे दी... जब यह सब पता चला था तो... निकाल देती बाहर अपनी बहन को... जाने आपको क्या सूझी जो उसे पढ़ाने ले आयी थीं... और उसनें आपके घर पर ही कब्जा कर लिया,"!!

पतिदेव ," यह बात तो सही है... और मिस्टर शर्मा उससे काफी बड़े भी हैं... उनकी अपनी बेटी से थोड़ी ही बड़ी होगी.. जाने क्या मत मारी गई थी!"

मैं ," मिसेज़ शर्मा बोली.."मैं कोई पागल थोड़ी ना थी जो सौतन को घर में बिठा लूंगी.... लेकिन करूं क्या मजबूर थी... इनका शुरू हो गया

तिरिया चरित्तर.. बोले जहर खा लूंगा... घर छोड़कर भागने लगे थे... अब तुम ही बताओ.. तीन बच्चे उसमें भी दो लड़कियां.. कमाने वाले केवल यही थे...क्या आधार था मेरे पास.. जो मैं विरोध कर देती है... अगर सच में जहर वहर खा लेते.... तो हम सभी जीते जी मर जाते... इसलिए कलेजे पर पत्थर रखकर हां कर दिया,"

" मैं तो मिसेज शर्मा का चेहरा ही देख रही थी... बिचारी स्त्रियों को कितना कंप्रोमाइज करना पड़ता है.. उनका आर्थिक सशक्तिकरण न होना कितना आड़े आता है,"!!

पतिदेव," सो तो है,यही अगर आर्थिक रूप से संपन्न होती है तो शायद उनका स्टैंड अलग ही होता,"!!

मैं ," हां मिसेज शर्मा एक बात और बोल रही थी, कह रही थी घर के सारे काम इसी से कराती हूँ... अपनी खोपड़ी पर बैठने नहीं देती हूं.. और मैं केवल राज करती हूं... बहन वहन वाला प्यार नहीं दिखाती हूँ... जब उसने बहन नहीं समझा.... उसने नहीं सोचा बहन का घर बिगाड़ कर क्या मिलेगा.... उनकी यह बात सुनकर तो मुझे मजा ही आ गया... बिल्कुल सही किया उस नालायक बहन के साथ.... ज़ब 4 -5 साल काम में खूब अच्छे से घिस जाएगी तब समझ में आएगा उसने क्या गलत किया!"

पतिदेव," मिसेज शर्मा भी क्या कर सकती हैं... बेचारी कुछ भी कह कर ही मन मार रही हैं,"!!

मैं," पर अब आप मानते हो ना कि पुरुष कम त्रिया चरित्र वाले नहीं होते हैं.... जब उनको अपना काम कराना होता है... तो वे सारे हथकंडे अपना लेते हैं,"!!

पतिदेव," अच्छा ज्यादा पुरुष पर तोहमत मत लगाओ... अदरक की अच्छी सी चाय बनाकर पिला दो...बहुत ठंड है भाई.... यह दिसंबर की सर्द रातें... तो लगता है जैसे जान ही ले कर छोड़ेंगी,"!!

मैं," आपके कहने से पहले ही छोटू को बोल आई थी अब चाय बन भी गई होगी "!

पतिदेव," तुम भी ना! बच्चों को इसीलिए इतने सारे काम सीखा दिए... जब देखो तब आर्डर चलाओ...हद्द है,"!!!

सीमा"मधुरिमा"

6

दीवाली का गणित

'आपके पिता को हार्ट अटैक हुआ है इन्हें तुरंत आईसीयू में भर्ती करना पड़ेगा। आप फटाफट यह इंजेक्शन मंगवा लीजिए।यह इंजेक्शन कम से कम तीस चालीस हजार का आएगा।' डॉक्टर ने शहर के उच्च अधिकारी से कहा।

पिता की हालत देखते हुए उच्च अधिकारी ने कहा,' आप तुरंत इलाज शुरू कीजिए, बस दस मिनट में आपको इंजेक्शन मिल जाएगा।'

उच्च अधिकारी डॉक्टर को कहकर जैसे ही कमरे से बाहर निकला तो उसकी पत्नी दबी जुबान में थोड़ा गुस्से में बोली,' लगता है आपका दिमाग खराब हो गया है।

पिताजी अस्सी साल के हो गए है, जाएंगे ही।'

उच्च अधिकारी अपनी पत्नी को खींचकर बाहर लाते हुए बोला, 'बावली यह तीस चालीस हजार का खर्च करके मैं लाखों का फायदा कर रहा हूं।'

' वह कैसे?' पत्नी ने थोड़ा आश्चर्य व्यक्त करते हुए पूछा।

' तुम्हें यह दीवाली का गणित समझ नहीं आएगा।

दरअसल चार दिन बाद दीवाली है।

पिताजी को कुछ हो गया तो...... समझो,कोई उपहार और सेवा नही ले पाएंगे।

बस मुझे चार-पांच दिन का इंतजाम करने दे।'

कहते हुए अधिकारी गाड़ी में जा बैठा और ड्राइवर को तुरंत शहर के सबसे बड़े मेडिकल स्टोर पर चलने के लिए कहा।

पति से दीवाली का गणित समझकर पत्नी भी ससुर की तीमारदारी में लग गई।

प्रो अंजना गर्ग

7
सच्चे दोस्त

उन चारों को होटल में बैठा देख, मनीष हड़बड़ा गया.

लगभग 25 सालों बाद वे फिर उसके सामने थे. शायद अब वो बहुत बड़े और संपन्न आदमी हो गये थे. मनीष को अपने स्कूल के दोस्तों का आर्डर लेकर परोसते समय बड़ा अटपटा लग रहा था. उनमे से दो मोबाईल फोन पर व्यस्त थे और दो लैपटाप पर. मनीष पढ़ाई पुरी नही कर पाया था. उन्होंने उसे पहचानने का प्रयास भी नही किया. वे खाना खा कर बिल चुका कर चले गये. मनीष को लगा उन चारों ने शायद उसे पहचाना नहीं या उसकी गरीबी देखकर जानबूझ कर कोशिश नहीं की. उसने एक गहरी लंबी सांस ली और टेबल साफ करने लगा.

टिश्यु पेपर उठाकर कचरे मे डलने ही वाला था, शायद उन्होने उस पे कुछ जोड़-घटाया था. अचानक उसकी नजर उस पर लिखे हुये शब्दों पर पड़ी. लिखा था - अबे साले तू हमे खाना खिला रहा था तो तुझे क्या लगा तुझे हम पहचानें नहीं? अबे 25 साल क्या अगले जनम बाद भी मिलता तो तुझे पहचान लेते. तुझे टिप देने की हिम्मत हममे नही थी. हमने पास ही फैक्ट्री के लिये जगह खरीदी है. अब इधर आन-जाना तो लगा ही रहेगा. आज तेरा इस होटल का आखरी दिन है. फैक्ट्री की कैंटीन कोई तो चलायेगा ना? तुझसे अच्छा पार्टनर और कहां मिलेगा??? याद हैं न स्कूल के दिनों हम पांचो एक दुसरे का टिफिन खा जाते थे. आज के बाद रोटी भी मिल बाँट कर साथ-साथ खाएंगे.

मनीष की आंखें भर आई उसने डबडबाई आँखों से आकाश की तरफ देखा और उस पेपर को होंठो से लगाकर करीने से दिल के पास वाली जेब मे रख लिया.

सच्चे दोस्त हो तो जिंदगी आसान हो जाती है...

8

स्पर्श

सुनो देवरजी, आप तो विदेशी मेम लाकर हर जिम्मेदारी से मुक्त हो गए। मां जी के अंतिम समय की भी मैने ही सेवा की थी। पर अब बाऊजी का हमसे न हो पाएगा। पल पल उनका पुकारना, कभी यहां दर्द, कभी वहां। आंखों की रोशनी भी नही अब। आप के भैया तो सुबह निकल जाते हैं और देर शाम आते हैं। बच्चे पढ़ाई में लगे रहते हैं। मैं अकेले कैसे संभालती हूं सब, मुझे ही पता है।

हां भाभी, मुझे पता है आपने सब कितने अच्छे से संभाला है। मैं बात करता हूं आपकी देवरानी से।

नही नही देवरजी, अब बात वात का समय नहीं है। आप जल्द से जल्द बाऊजी को अपने बंगले में ले जाइए। आप लोगों की भी कुछ जिम्मेदारी है या नही।

अच्छा भाभी जी, आप बाऊजी का जरूरी समान बांधकर तैयार रखिए। मैं घर पर सेटिंग कर कर, कल ही ले जाऊंगा।

****

ये कहां ले आया है मुझे बेटे? मरता मर जाऊंगा, पर याद रखना तेरी मेम से हाथ न लगवाऊंगा। आंखों से लाचार भले ही हो गया हूं,पर मुझे अभी भी सब दिखता है! सब समझ जाता हूं।

अरे बाऊजी, आप चिंता बिलकुल न करें। आपकी देख भाल के लिए मैने जो महिला रखी हैं, वे बोल नही सकती हैं। पर हर काम में दक्ष हैं।

बहुत अच्छे अस्पताल में नौकरी करती थी। परंतु कुछ विवशताओ के कारण उन्होंने अपना परिवार खो दिया और आवाज़ भी। अब ऐसे ही सेवा देकर अपना जीवन यापन कर रहीं हैं। आपकी छोटी बहू कुछ दिनों के लिए ऑफिस के काम से दूसरे शहर गई है। उसके वापिस आने तक तो आपका आंखों का ईलाज भी हो जायेगा और अगर आप वापिस भैया भाभी के पास जाना चाहोगे, तो वो भी हो जायेगा।

तो ठीक है। कब है मेरा ऑपरेशन?

बाऊजी, कल ही डॉक्टर से बात कर कर आपको बताता हूं।

ठीक है बेटा !

****

अरे बेटा तो ऑफिस के लिए चला गया। मुझे इनका नाम भी बता कर नही गया। कैसे पुकारू अब इनको?!

सुनो बेटी !

तुरंत ही एक हाथ ने उन के चरण स्पर्श किए।

खुश रहो! खुश रहो!!

बेटा ऑफिस जाने से पहले तुम्हारा नाम बताना तो भूल ही गया! और तुम बोल ना पाओगी। आज से मैं तुम्हे बेटी कहकर ही बुलाऊंगा। ठीक है न?

महिला ने बाऊजी के दोनों हाथ अपने सिर पर रखकर सहमति दे दी।

अब तो बेटी बाऊजी का गज़ब ही रिश्ता बन गया। बाऊजी के कुछ भी मांगने से पहले, सब समय से हाज़िर रहता। बाऊजी भी उसको अपनी बेटी मानकर उस से बातें करने लगे।

हफ़्ते भर बाद आंखों का ऑपरेशन भी हो गया। बाऊजी पट्टी खुलने पर सबसे पहले अपनी बेटी को ही देखना चाहते थे। मन के तार जो जुड़ गए थे।

पर बेटे ने बताया कि अब वो महिला किसी दूसरे की सेवा में लग गई हैं और उसने पिताजी की सेवा के लिए ऑफिस से छुट्टी ले ली है। अब वह उनकी देख भाल करेगा।

बाऊजी निराश हो गए और ज़िद्द की कि भले पांच मिनट के लिए ही सही, पर मेरी बेटी को ले आओ। बेटे ने बहुत समझाया। पर वे न माने।

बेटा बोला - ठीक है, लेकर आता हूं। वह चिंतित हो चला जाता है।

डॉक्टर साब बोले - आप बाऊजी के साथ रुकिए। मैं एक राउंड लगा कर, बाकी मरीजों को देखकर आता हूं।

इतने में बाऊजी पानी मांगते हैं और साथ रह गई नर्स उनको पानी का गिलास पकड़ाती है।

कुछ देर बाद बेटा महिला को लेकर आता है। डॉक्टर साब भी आ जाते हैं।

पट्टी खोली जाती है। बेटा महिला को सामने करता है। बाऊजी उसका हाथ अपने हाथ में लेकर बहुत प्यार से कहते हैं कि बेटी तुम भी बहुत प्यारी हो, पर तुम वो नही हो। बेटा हक्का बक्का रह जाता है।

बाऊजी पास खड़ी नर्स को पास बुलाते हैं और उसके दोनों हाथ अपनी आंखो पर रख कर कहते हैं

बेटी, मेरी आंखों की रोशिनी ही नही, मेरे नजरिए को भी ठीक करने के लिए तुम्हारा शुक्र गुजार हूं। सब कुछ भूल सकता हूं, पर तेरा वो ममता भरा 'स्पर्श' नही!!

बाऊजी ने बेटे और विदेशी बहू को गले से लगा लिया।

लेखिका

शालिनी सनोरिया

9

नेग

“भाई, आपके लिये मिठाई भेजी थी मैंने! मिल गयी न?”

“हाँ, शब्बो, और तुम्हारा टेलरिंग का काम कैसा चल रहा है, अब? कोई साथिन आदत से मज़बूर होकर नेग माँगने तो नहीं चल देती,” मैं हँसा।

“नहीं भाई। सब अच्छे से काम सीख गयीं हैं, और आपको दिन-रात दुआयें देती हैं, एक अच्छी ज़िंदगी की प्रेरणा देने के लिये। भाभी, बच्चों को मेरा प्यार देना, फिर बात करूंगी,” और उसने फोन रख दिया।

शब्बो, मेरी ट्रांसजेंडर बहन, पिछली होली पर ही तो मिली थी मुझको।

होली के दिनों में बिजनेस टूर पर निकलने में डर सा रहता है, कोई कपड़े रंगीन कर दे तो? खैर, मज़बूरी में एक टूर पर निकलना पड़ा तो समझदार बीवी ने एक जोड़ी कपड़े एक्सट्रा रख दिये।

ट्रेन के सफ़र में, नये नये किरदारों में झाँकने का पूरा मज़ा लेता हूँ, मैं। गाड़ी भोपाल जंक्शन पर रुकते ही ढोलक बजने की आवाज़ गूँज उठी।

“आ गये छक्क... ट्रेन में भी चैन नहीं है,” साथ बैठे सज्जन बोल उठे।

“खुले पैसे निकाल लो, वर्ना छीना-झपटी भी कर देते हैं ये,” एक अन्य ने जेब में हाथ डाला और पांच का नोट निकाल लिया। उनकी बातें सुन कर जाने क्यों अच्छा सा नहीं लगा तो चुपचाप खिड़की से बाहर

देखने लगा।

"होली के नेग पर तो हमारा हक़ है," एक शोख़ आवाज़ आयी तो मैंने नज़र घुमाई। वही सज्जन विरोध कर रहे थे और दो रंग में सराबोर ट्रांसजैंडर इसरार कर रहे थे। एक के हाथ में मोड़ कर पकड़े हुए नोट थे।

"ये पाँच का नोट नहीं चलेगा, कम से कम दस तो निकाल रे, हमसे कंजूसी मत कर," मगर उसने जबरदस्ती उसके हाथ में पाँच का नोट पकड़ा ही दिया। तो दूसरे सज्जन ने दो का सिक्का बढ़ाया।

"ऐ, अपुन को भिखारी समझा है, क्या? चल जा, तू ही रख ले इसे, नहीं चाहिएं तेरे पैसे," दूसरे ट्रांसजैंडर ने उसका हाथ वापस घुमा दिया।

"ऐ भाई, आप भी नेग दो न," उस शोख़ ट्रांसजैंडर ने मेरी तरफ हाथ नचाया।

"भई, मैं ऐसे, नहीं दूँगा पैसे!" मैंने जाने किस झौंक में कह दिया।

"तो कैसे देगा, बोल?" वह कुछ तैश में आ गयी।

"लाओ, रंग निकालो," मैं उठ खड़ा हुआ और उसके पास गैलरी में जा पहुँचा।

वह तो हैरान रह गयी। उसने चोली में से छोटा सा लाल गुलाल का पाउच निकाला और आगे कर दिया। मैंने एक चुटकी गुलाल लेकर उसे लगा दिया, और उसकी साथिन को भी। उसकी साथिन ने एक चुटकी गुलाल से मेरे माथे पर टीका किया तो पहले वाली जैसे होश में आयी। उसने फौरन अपने एक हाथ को अपने गाल पर फिराया और फिर मेरे गाल पर रगड़ दिया।

"मैं अपने भाई को ऐसे ही लगाती थी... वो मुझे रंग ही नहीं देता था," वह फफक पड़ी और मुझे गले से लगा लिया। तब तक उनकी टोली की अन्य साथिनें भी आ गयीं। हमें गले लगे देख सभी की आँखों में आँसू आ गये। उन सभी का अतीत कुछ कम ज़्यादा ऐसा ही रहा होगा। वे सब गाने लगे—

बहना से भाई मिला हो गयी होली रे, होली रे बाबा होली रे।

"शब्बो के भाई, हमसे भी गले मिल न रे! बड़े दिनों में एक इंसान मिला है," फिर वे बारी-बारी से मुझसे गले मिलने लगे। शब्बो को चलते हुए मैंने अपना 'विजीटिंग कार्ड' पकड़ा दिया था, रुपये तो उसने वापस

मेरी जेब में ठूँस दिये थे।

10

"प्रबंधन"

लैपटॉप पर नजरें गड़ाए ईशा ने मुड़ कर देखा आरव को गोद में उठाये उसकी आया लक्ष्मी खड़ी थी | " इस महीने से मुझे 15000 रुपये चाहिए | नहीं तो मुझे दूसरा काम देखना होगा फिर मैं इतना टाइम नहीं दे पायेगी | " ईशा वापस लैपटॉप की ओर देखने लगी लेकिन दिमाग़ लगातार सोच में डूबा था | अभी दो दिन पहले काम वाली और खाना बनाने वाली ने भी ऐसा ही कुछ महंगाई का रोना रोकर पगार बढ़ाने की बात की थी | एक तरफ तो मंदी की आड़ लेकर कंपनी सैलेरी बढ़ाने से साफ बच रही थी दूसरी तरफ इतना भारी हाउस लोन | सुबीर से कुछ कहना सुनना बेकार था | पहले ही हर महीने की किश्त चुकाने में उसकी आधी से ज्यादा कमाई जा रही थी | दोनों ने मिलबैठ कर पहले ही खर्चा का बंटवारा कर लिया था | घर चलाने की जिम्मेवारी ईशा की थी |

ईशा को याद आया माँ ने दबी जुबान से इतना बड़ा घर लेने से उसे मना किया था लेकिन उसकी जिद के आगे किसी की नहीं चली | अचानक ईशा ने मन ही मन हिसाब लगाया माँ को बुला लेती हूँ | आरव को संभालना और खाना बनाना दोनों काम वो आराम से संभाल लेंगी | सीधे - सीधे 25000 रुपयों की बचत हर महीने और इन कामवालियों की रोज की खिच खिच से भी मुक्ति | दिवाली पर मम्मा को एक महँगी वाली साड़ी गिफ्ट कर दूँगी वो भी खुश |

" हेलो मम्मा सॉरी पिछले दो हफ्तों से कॉल नहीं कर पायी | पता है आज आरव ने सुबह उठते ही नानी कहा | उसकी आया भी 2 महीनों के लिए घर जाना चाहती है | किसी नई आया के भरोसे तो उसे नहीं छोड़ सकती ना | मम्मा आप आ जाओ ना कुछ महीनों के लिए हमारे पास |"

हाँ बेटा जरूर आऊंगी | यहाँ तुम्हारे पापा ने एक नया काम शुरू किया है पैसे ज्यादा नहीं हैं लेकिन उनका मन लग जाता है | यहाँ घर सँभालने के लिए एक कामवाली है मेरी नजर में लेकिन 10000 रुपये मांगती है महीने का खैर वो तो तू कर ही देगी | अरे याद आया हवाई जहाज के टिकट कितने महंगे हो गए हैं आने जाने के टिकट कटवाकर मुझे बता देना | मै नई आया के साथ आरव को संभाल लूँगी| घुटनों की वजह से ज्यादा भाग दौड़ तो नहीं कर पाऊँगी ना |

ठीक बेटा बाय आरव को प्यार देना | दामाद जी को आशीर्वाद |

फ़ोन हाथ में लिएआत्मनिर्भर ईशा अपने मंसूबों की धज्जियाँ उड़ते और माँ का कुशल प्रबंधन देख रही थी |

प्रीता झा

11

रिश्तों की एक्सपायरी डेट

पिछले दिनों दलाई लामा के कुत्ते "डूका" की नीलामी हुई। कुत्ता बारह वर्ष तक तिब्बत के इस सर्वोच्च धर्मगुरु की सुरक्षा में कार्यरत था। उनकी सुरक्षा दस्ते का सबसे विश्वासपात्र जीव था डूका। रिटायरमेंट के बाद उसे नीलाम कर दिया गया। नीलामी के समय उसका मूल्य पाँच सौ रुपये रखा गया था, जिसपर पन्द्रह सौ रुपये दे कर किसी व्यक्ति ने उसे खरीद लिया। इस प्रकरण में ध्यान देने लायक बात यह भी है कि बारह वर्ष पूर्व इस कुत्ते को लगभग सवा लाख रुपये में क्रय किया गया था।

यूँ तो यह सामान्य सी घटना है, पर ध्यान से देखें तो जीवन के अनेक भरम दूर हो जाएंगे। सवा लाख में खरीदे गए कुत्ते का मूल्य एक दिन पाँच सौ रुपये हो जाएगा, इस बात को सहजता से स्वीकार नहीं कर पाते हम, पर अंततः होता यही है। वह तो कुत्ता सरकारी था इसलिये उतना मूल्य भी मिल गया, वरना यूँ ही भूखों मरने के लिए छोड़ दिया जाता।

हम जब प्रभावशाली होते हैं तो सोचते भी नहीं कि कभी दिन ढलेंगे भी! लगता है जैसे संसार सदैव मुट्ठी में ही रहेगा। पर संसार किसी की मुट्ठी में रहता नहीं। रहता, तो अकबर महान के वंशज चांदनी चौक पर अंडे का ठेला न लगा रहे होते।

इस घटना को एक दूसरी दृष्टि से भी देख सकते हैं। क्या दलाई लामा जैसा प्रभावशाली व्यक्ति उस कुत्ते को दो चार वर्ष यूँ ही नहीं रख सकता था? कितना खा लेता वह? जहाँ सुरक्षा दस्ते के अन्य कुत्ते खाते वहीं वह भी खा लेता। उसने जवानी भर इनकी चौकीदारी की थी, उसके बुढ़ापे के दो चार वर्ष बिना काम किये भी कट जाने चाहिये थे। पर नहीं! जिस युग में लोग बूढ़े माँ-बाप को छोड़ देते हैं, उस युग में कुत्ते की कौन सोचे...

हम स्वीकार नहीं कर पाते, पर हर वस्तु की एक एक्सपायरी डेट होती है। उसके बाद उसका मूल्य समाप्त हो ही जाता है। वस्तु ही नहीं, रिश्तों की भी एक्सपायरी डेट होती है। यदि हमेशा भइया या बाबू कहने वाला व्यक्ति किसी एक छोटी सी बात पर चिढ़ कर गाली देने लगे, तो असहज न होइये। बस इतना ही समझिये कि सम्बन्धों की आयु पूरी हो गयी...

इस घटना पर एक दृष्टि और हो सकती है। सबकी अपनी प्राथमिकताएं होती हैं, किसी के लिए सम्बन्ध महत्वपूर्ण होते हैं, भावनाएं महत्वपूर्ण होती हैं, और किसी के लिए केवल भौतिक उपलब्धियां। यह हमारे ही हाथ में होता है कि हम अपने सम्बन्धों को सँजो कर रखते हैं या उसे 'डूका' की तरह नीलाम कर देते हैं।

अब मैं अपनी ओर से कहूँ तो 'डूका' को यूँ नीलाम नहीं होना चाहिये था। एक लंबे समय तक जीवन का हिस्सा रहे व्यक्ति को यूँ नहीं छोड़ा जाना चाहिये। एक क्षण को भी जिससे स्नेह रहा हो, जिससे लगाव रहा हो उसे किसी डूका की तरह सरे आम नीलाम करने में हमारे हाथ न काँपें तो नैतिकता बघारना व्यर्थ है। बाकी हमारी बात ही अंतिम बात थोड़ी है...

सर्वेश तिवारी श्रीमुख

12

प्रोटोकॉल

भारत में सेवा करने वाले ब्रिटिश अधिकारियों को इंग्लैंड लौटने पर सार्वजनिक पद/जिम्मेदारी नहीं दी जाती थी। तर्क यह था कि उन्होंने एक गुलाम राष्ट्र पर शासन किया है जिसकी वजह से उनके दृष्टिकोण और व्यवहार में फर्क आ गया होगा। अगर उनको यहां ऐसी जिम्मेदारी दी जाए, तो वह आजाद ब्रिटिश नागरिकों के साथ भी उसी तरह से ही व्यवहार करेंगे। इस बात को समझने के लिए नीचे दिया गया वाकया जरूर पढ़ें...

एक ब्रिटिश महिला जिसका पति ब्रिटिश शासन के दौरान पाकिस्तान और भारत में एक सिविल सेवा अधिकारी था। महिला ने अपने जीवन के कई साल भारत के विभिन्न हिस्सों में बिताए, अपनी वापसी पर उन्होंने अपने संस्मरणों पर आधारित एक सुंदर पुस्तक लिखी।

महिला ने लिखा कि जब मेरे पति एक जिले के डिप्टी कमिश्नर थे तो मेरा बेटा करीब चार साल का था और मेरी बेटी एक साल की थी। डिप्टी कलेक्टर को मिलने वाली कई एकड़ में बनी एक हवेली में रहते थे। सैकड़ों लोग डीसी के घर और परिवार की सेवा में लगे रहते थे। हर दिन पार्टियां होती थीं, जिले के बड़े जर्मींदार हमें अपने शिकार कार्यक्रमों में आमंत्रित करने में गर्व महसूस करते थे और हम जिसके पास जाते थे, वह इसे सम्मान मानता था। हमारी शान और शौकत ऐसी थी कि ब्रिटेन

में महारानी और शाही परिवार भी मुश्किल से मिलती होगी।

ट्रेन यात्रा के दौरान डिप्टी कमिश्नर के परिवार के लिए नवाबी ठाट से लैस एक आलीशान कंपार्टमेंट आरक्षित किया जाता था। जब हम ट्रेन में चढ़ते तो सफेद कपड़े वाला ड्राइवर दोनों हाथ बांधकर हमारे सामने खड़ा हो जाता और यात्रा शुरू करने की अनुमति मांगता। अनुमति मिलने के बाद ही ट्रेन चलने लगती।

एक बार जब हम यात्रा के लिए ट्रेन में सवार हुए, तो परंपरा के अनुसार, ड्राइवर आया और अनुमति मांगी। इससे पहले कि मैं कुछ बोल पाती, मेरे बेटे का किसी कारण से मूड खराब था। उसने ड्राइवर को गाड़ी न चलाने को कहा। ड्राइवर ने हुक्म बजा लाते हुए कहा, जो हुक्म छोटे सरकार। कुछ देर बाद स्टेशन मास्टर समेत पूरा स्टाफ इकट्ठा हो गया और मेरे चार साल के बेटे से भीख मांगने लगा, लेकिन उसने ट्रेन को चलाने से मना कर दिया। आखिरकार, बड़ी मुश्किल से, मैंने अपने बेटे को कई चॉकलेट के वादे पर ट्रेन चलाने के लिए राजी किया और यात्रा शुरू हुई।

कुछ महीने बाद, वह महिला अपने दोस्तों और रिश्तेदारों से मिलने यूके लौट आई। वह जहाज से लंदन पहुंचे, उनकी रिहाइश वेल्स में एक काउंटी में थी जिसके लिए उन्हें ट्रेन से यात्रा करनी थी। वह महिला स्टेशन पर एक बेंच पर अपनी बेटी और बेटे को बैठाकर टिकट लेने चली गई। लंबी कतार के कारण बहुत देर हो चुकी थी, जिससे उस महिला का बेटा बहुत परेशान हो गया था। जब वह ट्रेन में चढ़े तो आलीशान कंपाउंड की जगह फर्स्ट क्लास की सीटें देखकर उस बच्चे को फिर गुस्सा आ गया।

ट्रेन ने समय पर यात्रा शुरू की तो वह बच्चा लगातार चीखने-चिल्लाने लगा। वह ज़ोर से कह रहा था, "यह कैसा उल्लू का पट्ठा ड्राइवर है। उसने हमारी अनुमति के बिना ट्रेन चलाना शुरू कर दी है। मैं पापा को बोल कर इसे जूते लगवा लूंगा।" महिला को बच्चे को यह समझाना मुश्किल हो रहा था कि यह उसके पिता का जिला नहीं है, यह एक स्वतंत्र देश है। यहां डिप्टी कमिश्नर जैसा तीसरे दर्जे का सरकारी अफसर तो क्या प्रधानमंत्री और राजा को भी यह अख्तियार नहीं है कि वह लोगों को

अपने अहंकार को संतुष्ट करने के लिए अपमानित कर सके।

आज भले ही हमने अंग्रेजों को खदेड़ दिया है लेकिन हमने गुलामी को अभी तक देश बदर नहीं किया। आज भी कई अधिकारी, एसपी, मंत्री, सलाहकार और राजनेता अपने अहंकार को संतुष्ट करने के लिए आम लोगों को घंटों सड़कों पर परेशान करते हैं।

प्रोटोकॉल आम जनता की सुविधा के लिए होना चाहिए, ना कि उनके लिए परेशानी का कारण।

13

बैटर आप्शन

व्यवसायिक कार्य से लगभग हर रोज दिल्ली जाना होता है। वापसी पर मुरथल के एक ढाबे पर रात्रिभोज हेतु रुकता हूं।

खाने का मेन्यू सेट है।

हाफ दाल

3 रोटी

1 प्लेट सलाद

2 कटोरी सफेद मक्खन

........और आखिर में खीर।

लगभग हर रोज एक व्यक्ति मेरी टेबल पर आता है।

मैं उसे वही मेन्यू बताता हूं।

.......बीते कुछ दिनों से वह मुझसे पूछने की जहमत भी नहीं करता।

मैं बैठता हूं ....सलाद परोस देता है और फिर एक एक कर बाकी सामग्री ले आता है।

कल रात मैं ढाबे पर आ कर बैठा।

चिरपरिचित बंधु जो हर रोज ऑर्डर लेता था वह कहीं दिखाई ना दिया।

मेरी नजरें उसे तालाश रही थी। इतने में एक नौजवान लड़का टेबल पर आया और बोला " भोला भईया नहीं आए हैं सर। उनका तबियत खराब था।"

मुझे नहीं पता था की जिस व्यक्ति को मैं रोज खाने का ऑर्डर देता हूं उसका नाम "भोला" है।

"आपका क्या नाम है ? " मैंने सामने खड़े नवयुवक से पूछा।

"हमारा नाम आकास है।" उसने फट से जवाब दिया।

मुरथल के ढाबों पर अधिकतर कर्मचारी बिहारी हैं।

नवयुवक का आका"श" को आका"स" कहना मुझे खला नहीं।

लड़का टिप टॉप था। सधी हुई कद काठी। तेल से चुपड़े कंघी किए हुए बाल।

सबसे बड़ी बात उसके जूते चमक रहे थे। लग रहा था की पालिश किए गए हैं।

मैंने अपना मैन्यू बताने की शुरुआत की ही थी की उसने मेरी बात काटते हुए कहा......पता है सर। हरा सलाद.... दाल .....मक्खन ....रोटी....खीर।

मैंने उसकी ओर देखा.....मुस्कुराया .....और कहा....." पता है तो ले आईए। भूख के मारे जान निकल रही है।"

वह किचन की ओर चला गया।

कुछ ही समय बाद वापिस आया।

बोला ....." सर। डोंट माइंड। एक बैटर ऑप्शन है।"

मैं एक क्षण .... अवाक रह गया।

डोंट माइंड ....बैटर ऑप्शन......मेरे समाने ढाबे का एक वेटर खड़ा था या किसी मैनेजमेंट इंस्टिटट्यूट से एम बी ए मेनेजर खड़ा था।

शक्ल देख कर तो लग ना रहा था की ऊन्ने अंग्रेजी का ए भी आता होगा।

मैं हतप्रभ था।

" क्या बैटर ऑप्शन है सर।" मैंने व्यंगतामक लहजे में पूछा।

लड़के ने मेन्यू कार्ड उठाया। बोला ...." आप वेज थाली लीजिए सर। इसमें दाल है। दो सब्जी है। पुलाव है। सलाद है अउर मीठा में खीर भी है ....और सर ......ये थाली आपको आपका मेन्यू के मुकाबले बीस परसेंट सस्ता पड़ेगा।" लड़का एक सांस में कह गया।

पहले ....''डोंट माइंड ......बैटर ऑप्शन ''.....यानी अंग्रेजी .....और फिर ''20 परसेंट'' यानी मैथेमेटिक्स।

अबे कौन है ये लड़का।

ध्यान से देखा तो वाकई बिल में बीस परसेंट का अंतर भी था।

उम्र के 42 बसंत देख चुका हूं।।

खत पढ़ लेता हूं मजमू .....लिफाफा खोले बिना।

''क्या करते हो?'' मैंने प्रश्नवाचक निगाहों से उससे पूछा।

''यहीं काम करते हैं।'' उसने जवाब दिया।

''इसके अलावा क्या करते हो? '' मैंने पूछा।

'' यूपीएससी का तैयारी कर रहे हैं सर। दिन में दिल्ली रहते हैं। ढाबा पर नाइट ड्यूटी रहता है।'' आत्मविश्वास भरी आवाज़ में उसने जवाब दिया।

'' बैटर ऑप्शन ले आओ।'' मैंने मुस्कुराते हुए कहा।

खाना खाया। बिल टेबल पर था और आकाश......नहीं नहीं ..... आका''स'' समाने खड़ा था।

एक लम्बे अर्से बाद मैंने किसी वेटर को टिप नहीं दी।

वह टिप देने लायक व्यक्ति नहीं था।

मेरे पास पार्कर का एक पेन था। मैंने उसकी शर्ट की जेब में वह पेन लगा दिया।

उसकी आंखों की चमक देखने लायक थी।

एक वर्ग है.......जो बेशक घोर गरीबी में जी रहा है। दाने दाने का मोहताज है। रोज कुआं खोद रोज पानी पी रहा है......लेकिन फिर भी अपने लिए ....बैटर ऑप्शन खोज रहा है।

बेहतर विकल्प खोज रहा है। यह वर्ग दिन में किताबों में मुंह दिए सपनों की लड़ाई लड़ रहा है और रात में ढाबे पर खाना परोसता सर्वाइवल की लड़ाई लड़ रहा है।

........और जीतता भी यही वर्ग है क्योंकि इसके पास हारने को .....कुछ भी नहीं है।

मैं कल रात भविष्य के एक प्रशासनिक अधिकारी को पेन भेंट कर आया हूं।

परिस्थिति जितनी भी विकट हो संघर्ष जारी रखना ही ...."बैटर ऑप्शन" है।

14

भीख

बीते दिनों नियमित रूप से दो किरदारों से मेरा आमना सामना होता था।

फैक्ट्री जाने के लिए सुबह घर से निकलता था .... चौराहे पर एक नौजवान खड़ा दिखाई देता था।

हट्टा कट्टा लौंडा..... नई उम्र का लड़का।

बेचारी सी शक्ल बना कर..... दोनों हाथ फैला कर गाड़ी के शीशे पर दस्तक देता।

बाऊ जी.....10 रूपये

सेठ जी ......बड़े साहब ....10 रूपये .....10 रूपये दे दो साहब।

बेचारी सी आखें ....मुरझाया सा चेहरा ..... फटे पुराने कपड़े।

ऐसे हालात .....जिन्हे देखते ही दिल पसीज जाए।

लेकिन दिल पसीजा नहीं।

कयोंकि

उम्र के 42 बसंत देख चुका हूं।

एक दिन चौराहे पर गाड़ी रोकी और लडके से कहा की भाई 10 रूपये नहीं 1000 रूपया दूंगा.....बगल में मेरे एक मित्र की कंसट्रक्शन साईट चल रही है।

दिन भर मजदूरी करनी होगी।

दिहाड़ी के 500 रूपये मिलेंगे। एक वक्त का भोजन और दो वक्त चाय भी मिलेगी।

लौंडे ने मुझे ऐसे देखा जैसे मैंने उसकी जायदाद में हिस्सा मांग लिया हो।

कोई जवाब ना दिया।

मैं लगभग हर रोज गाड़ी रोकता ....रोज उससे कहता की भाई चल .....मेहनत कर ....इज्जत की रोटी कमा।

.........और वह हर रोज मुझे नज़र अंदाज़ करता रहा।

....

दूसरा किरदार फैक्टरी के साथ स्थित एक ढाबे पर मिलता था।

मैं यूं ही एक दिन ढाबे पर रुका।

गाड़ी के हॉर्न बजाया तो लड़का दौड़ा दौड़ा आया।

घोर सर्दी थी।

रात को जाड़े के मारे लडके के हाथ कांप रहे थे।

मैंने कहा बेटा एक प्लेट सैलेड काट दे।

वह दौड़ता दौड़ता गया .....सलाद काटा और कुछ समय में गाड़ी के बगल में आ कर खड़ा हो गया।

नई उम्र का लड़का।

तन पर एक कमीज थी और वाकई लड़का जाड़े में ऐसे कांप रहा था की देख कर दिल पसीज जाए।

...........और दिल पसीज गया।

कर्योंकि मैं उम्र के 42 बसंत देख चुका हूं।

कर्मठता की कीमत समझता हूं।

परिश्रम का मूल्य पहचानता हूं।

मैं अगले 3 दिन ढाबे पर जाता रहा।

तीनों दिन मुझे लड़का ठंड से कंपकंपाता दिखाई दिया।

मेरी एक प्रिय जैकेट थी। मुझे बहुत पसंद थी। जाड़े की एक शाम मैं गाड़ी से उतरा और लड़के की जैकेट ओढ़ा दी।

लडके ने जैकेट को हाथ लगा कर देखा। कुछ समय तक हैरान सा होकर खड़ा था। फिर मुस्कुरा कर अपनी खुशी जाहिर की।

लेकिन उसकी खुशी मेरी खुशी के बराबर नहीं थी।

उसे देख कर जो आनंद .....जो उल्हास.....जो प्रसन्नता मुझे हुई ......वह अकल्पनीय थी।

ऐसा लगा ही नहीं की मैं अपनी पसंदीदा जैकेट दान कर रहा हूं....ऐसा लगा मैं उसे गिफ्ट कर रहा हूं।

उसे जैकेट ओढ़ा देना मेरे लिए प्रसन्नता का विषय था। वह उल्हास के क्षण थे।

....

रोज़ सुबह उसी चौराहे पर हाथ फैलाते 10 रूपये मांगता वह लड़का दिखाई देता है।

अब उसपर क्रोध नहीं आता .....क्रोध उन पर आता है जो आते जाते उसकी झोली में छुट्टे पैसे फेंक जाते हैं।

उसे भीखमंगा वही लोग बना रहे हैं।।

जिसके हाथ पांव सलामत हैं उसे हक नहीं है की वह हाथ फैलाए।

कभी शनि का रूप धारण कर कभी हरी चादर फैला छुट्टे इकट्ठा करता फिरे।

भीख मांगी जाती है क्योंकि भीख देने वालों की अधिकता है।

अगली बार जेब से 10 का नोट निकालने से पहले उस लड़के का स्मरण अवश्य करें जो जाड़े की शाम में एक कमीज के सहारे सर्दी से लड़ रहा है। वह अपनी सीमित कमाई से जैकेट नहीं खरीद सकता लेकिन वह आपके आगे हाथ नहीं फैला रहा। वह हालात से लड़ था है लेकिन हालात के आगे हाथ फैला कर भीख नहीं मांग रहा।

वह गिड़गिड़ा नहीं रहा।

.........किसी भी तरह से उसकी मदद कर आप कुछ दान भी नहीं करेंगे ......आप उसका सहयोग करेंगे।

कर्मठता का सम्मान होना चाहिए।

परिश्रम का मान होना चाहिए।

मर्ज़ी आपकी है। पैसा आपका है।

बस इतना संज्ञान रहे की किस पात्र की जेब में जा रहा है।

जिसे दान रहे हैं वह कुपात्र तो नहीं ......और जिसका सहयोग नहीं कर रहे कहीं वह सुपात्र तो नहीं ....?

रचित सतीजा

15

मुस्कुराने वाली बुढ़िया

एक बूढ़ी महिला थी, जो हमेशा रोती ही रहती थी। उसकी दो बेटियां थीं। उसने अपने जीवनभर की कमाई लगाकर दोनों बेटियों की शादी की थी। बड़ी बेटी की शादी छतरी के दुकानदार से हुई थी, जबकि छोटी बेटी का पति धोबी का काम करता था।

धूप वाले दिन बूढ़ी महिला अपनी बड़ी बेटी के बारे में सोचती- ओह इतना अच्छा मौसम है, धूप खिली हुई है, ऐसे में कोई छाता क्यों खरीदेगा ? बड़ी बेटी की तो दुकान ही बंद हो जाएगी। वह जितना बारिश और बेटी के बारे में सोचती, उतना उदास होती जाती और रोने लगती।

इसी तरह जब बारिश होती, तो वह अपनी छोटी बेटी के बारे में सोचने लगती- ओह, अब उसके गीले कपड़े कैसे सूखेंगे? उसका तो काम ही कपड़े धोना और उन्हें इस्त्री करना है। उसका तो धंधा ही चौपट हो जाएगा। वह क्या कमाएगी और क्या खाएगी। वह बारिश का मौसम को देखते हुए कुछ इसी तरह सोचती रहती और उदास होकर रोने लगती।

इस तरह धूप होती अथवा बारिश, दोनों ही स्थितियों में वह बेहद उदास हो जाती और आंसू बहाने लगती। यानी कि धूप होती, तो वह बड़ी बेटी को याद करते हुए रोती, बारिश होती, तो छोटी बेटी को याद करते हुए। उसके शुभचिंतक भी उसे चुप नहीं करवा पाते और वे मजाक में उसे

'रोने वाली बुढ़िया' कहने लगे।

लोगों के कहने से एक दिन बूढ़ी महिला एक संत से मिली। वह यह जानने को बहुत उत्सुक थे कि वह हमेशा क्यों रोती रहती है। बूढ़ी महिला ने उन्हें वजह बताई, तो वह हंसने लगे। अब तुम्हें रोने की जरूरत नहीं। मैं तुम्हें खुश होने का रास्ता बताऊंगा- संत मुस्कराते हुए बोले। मन में उपजे संत के प्रति अगाध श्रद्धावश उसने उनके पैरों में अपना सिर रख दिया। उसे यकीन नहीं हो रहा था कि कोई उसे दुख से बाहर निकलने का रास्ता भी सुझा सकता है। वह संत के सामने हाथ जोड़कर बैठ गई।

तब संत ने उसे कहा कि तुम्हें कुछ नहीं, बस एक छोटा सा बदलाव करना है। धूप वाले दिन तुम्हें अपनी छोटी बेटी के बारे में सोचना है कि उसके कपड़े सूख जाएंगे और धंधा खूब चलेगा व बारिश वाले दिन अपनी बड़ी बेटी के बारे में सोचना है कि उसकी छतरियां खूब बिकेंगी और उसकी अच्छी कमाई होगी।

बूढ़ी महिला को अंततः बात समझ में आई। उस दिन के बाद धूप हो या बारिश, लोगों ने उसे रोने की बजाय मुसकराते हुए ही देखा। अब लोग उसे 'रोने वाली बुढ़िया' की जगह 'मुस्कराने वाली बुढ़िया' पुकारने लगे।

इस बूढ़ी महिला की तरह हम भी अपने गलत नजरिए के कारण दुखी हैं। हर चीज के दो पक्ष होते हैं- उजला और अंधकार भरा, यह हम पर निर्भर करता है कि हम क्या देखते हैं। चीजों और स्थितियों की तरह ही लोग भी होते हैं। हर इंसान में अच्छे और बुरे दोनों गुण होते हैं।

महामारी जैसी आपदा हो या जिंदगी की विषमताएं उसके भी दो पक्ष देखे जा सकते हैं। जिन्हें उदास और निराश होना है, वे मृत्यु और तकलीफों को देख सकते हैं। जिन्हें खुश रहना है, वे विषमताओं के चलते जीवन चल रहा है और प्रतिदिन हो रहे अनगिनत सकारात्मक बदलावों को देख सकते हैं।

16

इत्तफाक

पर फड़फड़ाते हैं अरमानों के अल्फाज बनकर

उतर जाते हैं पन्नों पर कोई कहानी बनकर।

वह एक गुनगुनाती, मुस्कुराती सुबह थी ।मैं कार से उतर कर अपनी धुन में आगे बढ़ रही थी। इतने में ही एक बाइक मेरे बगल से तेजी से निकली ।सड़क पर थोड़ा कीचड़ था जिसके छींटों ने मेरे कपड़ों को खराब कर दिया ।

मैंने चिढ़ कर देखा तब तक तो बाइक आगे बढ़ चुकी थी ।खैर मुझे रोड क्रॉस कर के सामने बुक शॉप में जाना था ।मैं वहाँ पहुँची । मैंने देखा दुकानदार भगवान की फोटो के सामने अगरबत्ती जला रहा था ।शायद अभी-अभी वह भी पहुँचा था ।

मेरी आहट से वो पलटा और कुछ देर मुझे देखता ही रह गया। मुझे थोड़ा अजीब सा लगा। उसने तुरंत कहा ..."सॉरी"।

मैं समझ नहीं पाई ।

मैंने कहा ...."कोई बात नहीं।आप आराम से पूजा कर सकते हैं" ।

वह बड़ी शालीनता से पूछने लगा....." कहिए, मैं आपकी क्या खिदमत कर सकता हूँ"?

मैंने कहा.... "वह अभी कुछ दिनों पहले ही एक बुक पब्लिश हुई है ना जिस के लेखक हैं ".....

मेरी बात पूरी सुनने के पहले उसने वह बुक मुझे थमा दी।

मैंने पैसे देने के लिए जैसे ही पर्स खोला वह बड़ी नम्रता से हाथ जोड़कर बोल उठा...."प्लीज रहने दीजिए"।

मैंने कुछ आश्चर्य के साथ उसे देखा तो वह कहने लगा ...."आज सुबह-सुबह मुझसे एक गलती हो गई है"।

मैं कुछ समझी नहीं तो वह फिर से कहने लगा ...."मैं आपसे माफी माँगता हूँ। दरअसल कभी-कभी ऐसा हो जाता है "।

मैं अब भी कुछ भी समझ नहीं पा रही थी ।

तभी उसने बाहर खड़ी बाइक की ओर इशारा किया और खुद के कान पकड़ लिए।

मैं अब सारी बात समझ गई ।

मेरे होठों पर मुस्कुराहट आते ही उसने कहा...." कर दिया ना अब आपने मुझे माफ "?

और मैंने कहा... "जी दाग अच्छे है इसीलिए अब आपको पैसे लेने होंगे "।

...."ठीक है ।पर एक शर्त है"। उसने कहा ।

मैंने कहा.... "कहिए "....

"आज एक बुक मैं आपको अपनी तरफ से देना चाहता हूँ।

इंकार मत करिएगा और पढ़कर जरूर बताइएगा मेरी पसंद कैसी है।

उसने मेरे जवाब का इंतजार किए बिना ही मुझे वह किताब थमा दी ।

...."कविताएं ?आपको कविताओं का शौक है?

... "जी ।थोड़ा बहुत" कह कर उसने मेरी आँखों में देखा।

फिर कहा ..."यूँ तो कविता और कहानी दोनों ही एक दूसरे से जुड़े हैं"

... "पर बस कविता को आप गुनगुना भी सकते हो और कहानी एक एहसास बनकर हमारे दिल में उतर जाती है"।

मेरे इतना कहते ही वह खुश हो गया और कह उठा ....."करेक्ट "।

मैंने कहा...." अब इजाजत "

उसने कहा.... "फिर कब मिलोगी"?

..."जल्दी ही। आपकी बुक लौटाने ।

और वहाँ से चली आई ।

कार में बैठकर मैंने पहले उसकी कविता वाली बुक खोली।

है ना कितनी अजीब बात?

पसंद मुझे कहानियाँ थी ।

तभी तो खरीदने गई थी ।

पर उसकी दी किताब को खोलते वक्त अजीब सी बेचैनी थी कि

...देखूँ तो सही ।क्या है?

सबसे पहली कविता थी

सर्द हवाओं का मंजर था। तन्हाई का खंजर था। बेइंतहा दर्द था और उनकी यादों का लंगर था।

यूं तो मैं कविता ज्यादा पसंद नहीं करती ।

पर ना जाने क्यों यह लाइनें मुझे किसी के अकेलेपन का एहसास कराते चली गई।

मैंने सारी कविताएँ धीरे-धीरे पढ़ ली।

सोचने लगी सारी कविताएँ जिसने भी लिखी है प्यारा तो है ही, पर तन्हा भी बेमिसाल है।

कवि का नाम सभी कविताओं में "शिव" लिखा हुआ था।

मैंने मन ही मन कहा ..."वाह शिव"।

एक दिन मेरे कदम फिर मुझे वहीं ले गए। जाकर मैंने देखा तो वहाँ वह नहीं था।

कोई बुजुर्ग बैठे थे। मेरी समझ में यह नहीं आया कि मैं किस तरह उन्हें पूछूँ कि वह कहाँ है?

कितना अटपटा सवाल होता यह।

मुझे खुद पर कोफ्त होने लगी ।

वे मुझे एकटक देख रहे थे ।

तभी उन्होंने पूछा ..."बोलो बेटा"।

मैंने कहा ...."जी यह किताब मैं ले गई थी।

वही लौटाने आई हूँ"।

...ओह ,तो वह तुम हो। बैठो बेटा"।

कहकर वो कहने लगे ...."शिव रोज मुझसे पूछता था कि पापा कोई मेरी बुक लौटाने आया क्या ?

अगर आए तो मुझे कॉल करके बुला लेना।

दरअसल हमेशा मैं ही यहाँ बैठता हूँ।

उस दिन तबीयत ठीक नहीं होने की वजह से शिव बैठा था।

कैसी लगी तुम्हें उस की कविताएँ "?

ओह ...तो वह खुद शिव है।

सोच कर मैं अचानक चुप हो गई।

उन्होंने मुझे देख कर कहा

...."जरूरी नहीं बेटा कि सबको सबका लिखा पसंद हीआए "।

सुनते ही मेरे मुँह से निकल गया ..."अरे नहीं अंकल बहुत अच्छा लिखा है उन्होंने "।

तो वे कहने लगे.... "हाँ बेटा मैं जानता हूँ।

दर्द को शब्दों में ढालना जितना मुश्किल होता है,

कविता उतनी ही बढ़िया बनती है"।

मैंने हैरानी से उन्हें देखा तो पाया उनकी आँखों में बेबसी आँसू बन के चमक रही थी।

मैंने उन्हें पढ़ने की कोशिश की।

वे कहने लगे...." शिव हमारी इकलौती संतान

जो बहुत मन्नतों के बाद हमें मिली।

पर यह अपनी माँ के साए से जल्दी ही महरूम हो गया।

हालांकि मैंने उसे माँ की कमी कभी महसूस नहीं होने दी।

फिर भी कभी-कभी वह उदास आँखों से मुझ से पूछता

...." माँ कहाँ चली गई पापा "?

तो मैं उसे चमकते सितारों को दिखाकर कहता

...." वह देखो उपर तारे ।उनमें से एक तुम्हारी माँ है।

.... "और बाकी "?

पर उसका जवाब वह कभी नहीं सुनना चाहता था।

बस सिर्फ पूछता ही था।

इतनी सी उम्र में भी वह दूसरों की पीड़ा महसूस कर रहा था।

तो फिर तुरंत बात बदल कर कहता

...."पापा चाँद बहुत खूबसूरत है ना"?

और मैं कहता

...."तेरे लिए ऐसी ही चाँद सी दुल्हन लाऊँगा"

और वह जो भी समझता तुरंत खिलखिलाकर हँस देता।

बचपन के दिन इसी तरह बीत गए।

बड़ों को यह एहसास जल्दी नहीं होता कि बच्चे बड़े हो गए हैं।

पर बच्चों को बहुत जल्दी यह एहसास हो जाता है कि हम बड़े हो गए।

कॉलेज के दिनों में शिव की मुलाकात नंदा से हुई।

वे दोनों बहुत तेजी से एक दूसरे के करीब आ गए। मैं भी कई बार नंदा से मिला ।

मुझे भी बहुत पसंद आ गई। थी ही वह बेहद खूबसूरत।"

कहकर उन्होंने मुझे देखा ।

..."बिल्कुल तुम्हारी तरह" कहकर नजर मुझ पर टिका दी ।

मैंने कहा... "फिर"?

.... फिर कुछ दिनों से वह उदास सा रहने लगा था।

शिव जो हर बात मुझसे शेयर करता था। छुपाने लगा था। पूछने पर कुछ नहीं कहता ।

"बस यूँ ही" कह कर उठ कर चला जाता।

बात की तह तक पहुँचने के लिए मैं एक रोज नंदा के घर जा पहुँचा ।

दरवाजा खटखटाने पर किसी की आवाज आई..." खुला है। आ जाइए।

मैं जैसे ही दरवाजा खोलकर अंदर पहुँचा तो सामने जो लेडी थी मैं उसे देख कर ही समझ गया कि यह नंदा की माँ ही होगी।

मुझे नमस्कार करते हुए वे बोली ..."आइए भाई साहब "।

मैंने कहा...." आप मुझे जानती हैं" ?

..."जी"...

" कैसे"?

..... "वैसे ही ।जैसे आप नंदा को जानते हैं"।

मैंने पूछा..." नंदा कहाँ है "?

तो उन्होंने अंदर रूम की तरफ इशारा किया।

मैं जैसे ही वहाँ गया तो मेरी आँखों को यकीन नहीं हो रहा था यह वही नंदा है जो मुझसे मिलती रही।

मेरी आँखों में उमड़ते सवालों को देख उसकी माँ ने सूनी आँखों से उसकी तरफ देखते हुए कहा ...."इसे कैंसर है।

वह भी लास्ट स्टेज पर"।

मैं धम से वहीं बैठ गया।

मुझे शिव की सारी परेशानी, उदासी समझ में आ गई।

उसकी माँ ने मुझे पानी दिया और कहने लगी

.... भगवान पता नहीं किस स्याही से मुकद्दर लिखता है

जो किसी -किसी के लिए सिर्फ आँखों में पानी लाती है"।

मैंने कहा...." जी बहनजी।

मेरा शिव तो बचपन से ही बदनसीब रहा "।

मैंने नंदा के सर पर हाथ फेरा और वहाँ से चला आया ।

घर जाकर देखा तो शिव शून्य में निहारते खामोशी के साथ बैठा था ।

जैसे ही मैं पहुँचा वह मुझसे बच्चे की तरह लिपट गया यह कहते हुए कि

...." पापा आप कहाँ चले गए थे? मैं कितना डर गया था "।

मैंने उसके आँसू पोंछे और कहा

.... "मैं तुझे छोड़कर कहीं नहीं जाऊंगा"।

वह भी शायद एक सुकून भरा पल था जब शिव ने अपनी पीड़ा सिर्फ एक शब्दों में ही मुझे बता दी।

उसके बाद नंदा चल बसी।

हम बाप बेटे फिर पहले ही की तरह अकेले हो गए।

वैसे तो दो लोग अकेले कैसे हो सकते हैं?

फिर भी दो लोगों के साथ होने के बावजूद अपने आप में अकेले होना ही शायद अकेलापन है ।

एक दिन मैंने शिव को कुछ गुनगुनाते हुए सुना।

मैंने कहा ...."बड़ा सुंदर गीत है बेटा "।

उसने कहा..." पापा ,आपको अच्छा लगा "?

मेरे हाँ कहने पर उसने अपनी कविताएँ मुझे दिखाई जिसमें उसका पूरा दर्द मुझे नजर आ रहा था ।

औरों के लिए कविता ही होती।

पर मैंने उसमें उसकी तन्हाई, बेबसी और पीड़ा सब पढ़ ली।

फिर वही किताब के रूप में तुम्हारे सामने है।

बेटा तुम कहो .."कैसी लगी तुम्हें"?।

मैंने अपनी आँखों में आए आँसुओं को पीते हुए कहा ..."बहुत अच्छी है अंकल"।

तभी हमें बाइक की आवाज सुनाई दी।

पलट कर देखा तो शिव चले आ रहा था।

...." बेटा, तुम्हें तो मैंने फोन भी नहीं किया।

फिर तुम कैसे"?

..." अरे पापा यहाँ से गुजर रहा था।

इनकी गाड़ी दिखी तो चला आया।

मैंने कहा.... "आपकी कविताएँ ....

वह बहुत हैरान होकर के पहले मुझे फिर अपने पापा को देखने लगा।

तभी अंकल ने कहा.... "मैंने बताया है"।

..." आप भी ना पापा "कह कर वह सर खुजाने लगा ।

...."आपको पसंद आई मेरी कविता"?

मैंने हामी में सर हिलाया।

तभी उसके पापा बोले..." मैं अभी आता हूँ " कहकर चले गये ।

शायद वह हमें अकेले छोड़ना चाहते थे।

पर क्यों ?

तभी शिव कहने लगा...." मेरा नाम तो आपको पता ही है। क्या मैं भी आपका नाम जान सकता हूँ "?

मैंने उसे गहरी नजरों से देखा और कहा..." जी। मैं नंदा"।

यह सुनते ही उसे एक झटका लगा ।

उसने कहा...." यह नहीं हो सकता"।

हालांकि यह उसने अपने आप से बहुत धीरे से कहा था ।

फिर भी मैंने सुन लिया।

मैंने कहा...." नाम इत्तेफाकन एक जैसे हो सकते हैं"।

तब उसने कहा..." जी, पर हर बात में इतफाक नहीं होता"।

कहते हुए उसने एक फोटो मेरे सामने रख दी।

जिसे देखकर मैं चौंक पड़ी क्योंकि वह हूबहू मेरी हमशक्ल थी।

अब मेरे होंठ बुदबुदा उठे.... "ऐसा नहीं हो सकता"

किसी खामोश कहानी की तरह रहता है।

दर्द हर आँख में पानी की तरह रहता है।

लेखिका

विजया डालमिया

17

नया जमाना

आज पड़ोस के खाली घर में काफ़ी हलचल सी दिख रही है, लगता है, कोई आने वाला है, तभी जोर शोर से इतनी सफाई चल रही है, चलो कुछ रौनक बढ़ेगी, बातचीत के लिए पड़ोसन तो मिलेगी, सोचकर हम मन ही मन प्रसन्न हुए, और अंदर आ गए,

शाम को पौधों को पानी दे रहे थे,

तभी एक कार रुकी, देखा तो एक महिला, एक पुरुष और एक बच्ची थी.

हमारी तरफ महिला ने जैसे ही देखा, हमने ढेर सारी मुस्कुराहट उनकी तरफ उछाली,

पर बिना नोटिस किए वो अंदर चली गई , ये क्या, हमें बहुत बुरा लगा.

हम अंदर आए, जैसे ही हमने आइने की तरफ़ देखा, सलवटों से भरी साड़ी, उतरा सा चेहरा, कहीं ये हमें......... नहीं ऐसा नहीं हो सकता, भले ही वो महिला जींस टॉप पहनी है पर हमें........ नहीं समझ सकती।

अपने भ्रम को दूर करने के लिए हमने फटाफट अच्छी सी साड़ी पहनी, हल्का सा मेकअप किया, और पड़ोस में पहुंचे, अच्छे से मिली, लगा, हमारा सोचना सही था, चाय पानी का पूछा, आखिर शिष्टाचार भी कोई चीज़ होती है।

दूसरी सुबह जोर जोर की आवाजों से नींद खुली, शायद पड़ोसन नौकरी पेशा थी.

हनी, शोना, बेबी, बाबू, की आवाजें लगाए जा रही थी, हमें लगा बच्ची को बुला रही होगी, पर जब देखा पति को विदा करके शोना ,बेबी , बोल रही है तो हम ताज्जुब में पड़ गए, हैं, ऐसे कोई पति को बुलाता है क्या?

हम तो गट्टू नट्टू के पापा, अजी सुनते हो, ऐसे ही बुलाते हैं, अब तो हम भी मॉडर्न बनेंगे, सोच लिया।

दूसरे दिन इतवार था, ये भी घर पर थे, हम आंखो में ढेर सारा रोमांस भरकर पहुंच गए , इनके पास, और लगे इन्हें घूरने.

इन्होंने हमें देखा और बोले, एक चाय ले आओ.

हम रोमांसियत से लगे रहे घूरने, तो ये बोले, आंखो में कुछ इन्फेक्शन हो गया है क्या, कुछ अलग सी दिख रही हैं,

हे भगवान ये आदमी, रोमांस भी नहीं समझता, खैर ये तो पहला स्टेप है, हमें तो स्टाइलिश और मॉडर्न बनना ही है।

खाने के समय अचार की बरनी हम उठा नहीं पा रहे थे.

इनको मीठी सी आवाज में बुलाया,

शोना, बेबी, इधर आओ,

अरे हम बुलाए जा रहे, इनके कानो में जूं नहीं रेंग रही,

हमने दोबारा आवाज़ लगाई तो गट्टू नट्टू आकर बोले,

शोना बेबी तो बाहर गए मम्मी,

मतलब पापा कहां हैं?

पापा तो बाहर हैं,

पर पड़ोस वाले शोना बेबी अंकल बाहर गए अभी.

सर पकड़कर रह गए हम, क्या करें, कैसे बताएं इन्हें, पर हार तो नहीं मानेंगे ये तो पक्का है।

सुबह उठे चाय बनाई और मुस्कुराते हुए इनके पास चाय लेकर गए.

हाई हनी,

इन्होंने हमारी तरफ़ देखा और बोले

हनी वनी नहीं शक्कर डालो चाय में,

अब तो हमें रोना आ गया, ये घबरा गए , तुरंत आकर हमारे पास बैठे, पानी पिलाया,

बोले क्या हुआ, गट्टू नट्टू की मम्मी,

हम सुबकते हुए बोले, पड़ोसी नए जमाने के हैं, वो अपने पति को शोना बाबू कभी हनी, कभी बेबी कहकर बुलाती है.

हमने सोचा, हम भी थोड़ा नए जमाने के बने, इसीलिए हम आपको शोना बाबू हनी कहने की कोशिश कर रहे थे.

ये जोर जोर से हंसने लगे, बोले किसी की देखा देखी कभी नहीं करना, देखो ज़रा शोना बेबी को,

इन्होंने हमें खिड़की के पास खड़ा कर दिया,

और बोले

सुनो पड़ोस से जोरदार लड़ाई की आवाज आ रही थी,

जो शब्द सुनाई दे रहे थे, वो शोना बाबू तो पक्के तौर पर नहीं थे।

हमने झेंपी नजरों से इनको देखा और इतरा के कहा,

चाय पियेंगे, गट्टू नट्टू के पप्पा,

ये भी मुस्कुरा के बोले हां गट्टू नट्टू की मम्मी ?

लेखिका

प्रीती सक्सेना

18

सर्किल ऑफ़ लाइफ

भारत से एक बड़ी कंपनी के द्वारा अमेरिका डेपुटेशन पर आया था।

दो वर्ष बाद जब वहाँ से क्विट करके दूसरी अमेरिकन कंपनी जॉइन की तो पुरानी भारतीय कंपनी ने हिसाब किताब करके छुट्टी आदि का ड्यू मनी डॉलर रूप में खाते में जमा कर दिया।

ताज्जुब हुआ जब देखा १६०० डॉलर ज़्यादा आ गये थे।

जबकि मैंने एडवांस लोन लिया था - जिसके पैसे मुझे वापस देने थे।

ध्यान से जब फाइनल सेटलमेंट स्प्रेड शीट देखी तो एक सेल में १६०० की एंट्री थी लेकिन १ और ६०० के बीच स्पेस था तो वो सेल वैल्यू जीरो हो गई थी- इस तरह मुझे १६०० डॉलर ज़्यादा मिल गये थे।

एचआर को मेल आदि भेजी - कोई जवाब नहीं आया। खैर वो एक्स्ट्रा डॉलर खर्च नहीं किए -

अलग संभल कर रखे रहे खाते में।

तीन महीने बाद पुरानी कंपनी के एक एम्प्लोयी का फ़ोन आया।

रुआसू वो बोला- सर मैंने आपकी फाइनल सेटलमेंट शीट बनायी थी- नया नया आया हूँ। गलती हो गई और अब मैनेजर कह रहा है सैलरी से वो अमाउंट काटेगा।

कृपया आप वो पैसे वापस कर दें।

मैंने उसे कहा- घबराओ मत। चेक जहाँ बोलेंगे भेज दूँगा।

एचआर वाली मेल भी उसे फॉरवर्ड कर दी। चेक भी लोकल ऑफिस भेज दिया।

एक हफ़्ते बाद उसका फ़ोन फिर आया- बहुत खुश था।

अनेक बार धन्यवाद किया- चेक कैश हो गया था और उसने मेरी मेल भी अपने मैनेजर को दिखाई थी।

बोला- सर जीवन में कभी भी कोई भी काम पड़े तो मुझे याद करना।

अपना फ़ोन और ईमेल दोनों दिये।

बात आयी गई हो गई।

इस घटना के तीन वर्ष बाद मेरे ग्रीन कार्ड एप्लीकेशन में एक आरएफई मतलब इनक्वायरी आयी-

पुरानी कंपनी का सर्विस लेटर और जॉब ड्यूटी आदि का विस्तृत लेटर भेजिए।

सर्विस लेटर तो था मेरे पास किंतु वो बहुत बेसिक था।

हाथ पैर फूल गये-

मालूम था पिछली कंपनी से वो लेटर निकलवाने में बहुत टाइम और एफर्ट लगेगा।

तब तक ना जाने क्या हो।

अनायास उसी एम्प्लोयी की याद आयी- उसे फ़ोन किया।

उसने फ़ोन उठाया और बड़ी गर्मजोशी से बात की।

मैंने अपनी समस्या उसे बतायी।

गौर से उसने सुनी और नोट करता गया।

फिर बोला- आपको एक घंटे में वापस फ़ोन करता हूँ।

मुझे लगा शायद अंदरूनी जानकारी लेके बताएगा।

एक घंटे बाद उसका फ़ोन आया- बोला- सर अपनी ईमेल चेक कीजिए।

जब ईमेल देखी तो जो जो लेटर चाहिए थे सब आ चुके थे।

मुझे इतनी खुशी हुई- ताज्जुब हुआ। उसने आगे बताया-

हाल में ही उसका इसी विभाग में तबादला हुआ है- सर्विस लेटर आदि का काम अब वो देखता है।

बोला - सर इतना डिटेल लेटर देते नहीं है किंतु आप को कभी नहीं भूला।

इतना मेरे स्कोप में था तो कर दिया।

ये घटना मुझे आज तक याद है -

कई बार विस्मित करती है। नियति के खेल बड़े अनोखे होते है।

जिस काम को कई हफ़्ते लगने थे वो काम एक घंटे में हो गया।

शायद इसे ही सर्किल ऑफ़ लाइफ कहते है।

19

आप चैंपियन हैं

एक मर्द के किसी औरत के साथ संसर्ग में आने के बाद जो वीर्य निकलता है उसमें 40 मिलियन तक स्पर्म मौजूद होते हैं, आसान शब्दों में कहें तो अगर सबको सही जगह (गर्भाशय) मिल जाए तो 40 मिलियन बच्चे पैदा हो जायें

जबकि ये सारे के सारे स्पर्म माँ की बच्चेदानी (गर्भाशय) की तरफ पागलों की तरह भागते हैं और इस दौड़ में सिर्फ 300 से 500 तक स्पर्म ही बच जाते हैं और बाकी रास्ते में ही थकन और हारकर मर जाते हैं

ये 300 से 500 वही स्पर्म हैं जो गर्भाशय तक पहुंचने में कामयाब हो पाते हैं

इनमें से भी सिर्फ एक बहुत मजबूत स्पर्म होता है जो गर्भाशय में पहुँचकर फर्टिलाइज होता है

क्या आप जानते हैं वो खुशनसीब, मजबूत और जीतने वाला स्पर्म कौन है?

वो खुशनसीब स्पर्म आप, मैं, या हम सब हैं!

आप सोच भी नहीं सकते कि जब आप पहली बार भागे थे तब आंख, हाथ-पैर, चेहरा कुछ भी नहीं था फिर भी आप जीत गये

जब आप भागे तब आपके पास सर्टिफिकेट्स नहीं थे, आपके पास दिमाग़ नहीं था, लेकिन आप फिर भी जीत गये

बहुत से बच्चे माँ के पेट में ही खो गए लेकिन आप मौजूद रहे और आपने अपने 9 महीने पूरे किए

और आज..................

आज आप घबराये हैं, जब कुछ होता है तो आप मायूस हो जाते हैं मगर क्यूँ?

आपको क्यूँ लगता है कि आप हार गए हैं? आपने भरोसा क्यूँ खो दिया है? अब तो आपके पास दोस्त हैं, भाई है, मां है, परिवार है। सर्टिफिकेट्स सब कुछ है फिर आप मायूस क्यूँ हो गए?

आप सबसे पहले जीते, आखिर में जीते, बीच में जीत जाते हैं.(प्रकृति)पर यकीन और सच्ची लगन से मकसद को हासिल करने के लिए पूरी जद्दोजहद करें, वो आपको हारने नहीं देगी।

जैसे मिलियन स्पर्म में से आपको जीतने का मौका दिया वैसे ही वो अब भी आपको कामयाब जरूर बनाएगी!

20

देवरानी - जेठानी

बड़ी बहू यानी जेठानी की तबीयत कुछ अधिक ही ख़राब हुई तो छः साल पुरानी देवरानी ने बहुत सेवा की ।घर का हर काम सँभाल लिया और जेठानी को पूरा आराम दिया । जेठानी को हैरानी थी कि कभी मुझ से ठीक से बात ना करने वाली , घर के काम में मदद ना करने वाली देवरानी कैसे बदल गई । पर उसे अच्छा लगा कि समय पड़ने पर बहू ने हर काम सँभाल लिया ।

पर स्त्रियाँ तो बिना बोले रह नहीं सकतीं हैं तो स्वास्थ्य कुछ बेहतर होने पर जेठानी ने देवरानी को पास बिठाकर बड़े स्नेह से कहा - तुमने मेरी बड़ी सेवा की इन दिनों प्रिया । दवा से ज़्यादा तुम्हारे प्रेम से मैं जल्दी ठीक हो रही हूँ पर यह बताओ कि हम पिछले छः साल से साथ हैं पर हमारी यूँ दोस्ती कभी क्यों नहीं हुई ?

‘ भाभी - मैं जब शादी होकर आई तो आप सब नए थे मेरे लिए ।मैं तो किसी के बारे में कुछ जानती ही नहीं थी ,

आपके देवर की पोस्टिंग भी तब बाहर थी तो मुझे आप सबको समझने का अवसर भी कम मिला ।

मेरी सास आपको हर समय बुरा - भला कहतीं रहतीं थीं तो मुझे भी यही लगने लगा कि आप मेरे आने पर घर के काम से बचने के लिए कभी अपने मायके , कभी बाज़ार या कभी सिरदर्द का बहाना करतीं हैं ।

तो मैं ने भी आपको हमेशा माँजी के चश्मे से देखा ।

पर धीरे धीरे मुझे समझ आया कि आप पर तो यहाँ आने वाले हर मेहमान के स्वागत की ज़िम्मेदारी थी ,

यहाँ तो काम कभी ख़त्म ही नहीं होते ।

ननद की और हमारी शादी की ज़िम्मेदारी भी आपने ही निभाई .

ऐसे में यदि आप कभी बीमार होती हैं तो आराम करने का या बाज़ार जाना चाहतीं हैं तो बाहर जाने का हक़ है आपका और बहुत स्वाभाविक सी बात भी ।

ऐसे में हम सबको आपका साथ देना चाहिए ।

परिवार वाले हमेशा आप को काम करते हुए देखने के आदी थे , आपके ज़रा आराम या मन का करते ही उन्हें परेशानी हो जाती थी और वे कुछ न कुछ कह बैठते थे ।

' सही समझा तुमने ...जेठानी ख़ुश थीं और संतुष्ट भी कि कोई उन्हें समझने वाला आया , ' फिर ...?'

'फिर क्या !

पिछले एक साल से आपके साथ मतलब परिवार के साथ रहते हुए मुझे समझ आया कि गलती कहाँ है ,

किसकी है !

अब मुझे यही सही लगा कि आपका साथ देने , आपको समझने में ही समझदारी है ।

मैं घर की थोड़ी ज़िम्मेदारी सँभालूँ तो आपको भी अपने लिए समय निकालकर अच्छा लगेगा ।

भाभी...परिवार के बड़े लोग जिस तरह से एक दूसरे से व्यवहार करते हैं नया व्यक्ति तो वही सीखेगा

और हर सदस्य के प्रति अपनी राय बनाने में समय लगता है

पर मुझे ख़ुशी है कि देर लगी पर मैं सही राय बना सकी ।' प्रिया के स्वर में बहुत अपनापन था ।

जेठानी का मन, ऐसी बातें सुनकर ,प्रिया के प्रति प्रेम, स्नेह और शीतलता से भर गया ।

बड़ी संतुष्टि के भाव से उन्होंने प्रिया के सिर पर आशीर्वाद का हाथ फिराया

और दोनों देवरानी - जेठानी मुस्कुरा उठीं ।

लेखिका

रेनू अग्रवाल

21

पुराना चावल

नौ वर्षीय पोते ने दादी की परीक्षा लेने या मज़ाक़ के लिए या टाइम पास के लिए या खेल के लिए या बस यूँ ही पूछा कि दादी एक बात बताओ २+२ कितने ?

दादी का गणित में हाथ तंग है और बच्चों के सामने क्या हार क्या जीत ...तो शामिल हो गई पोते के खेल में ।

४

४+४?

८

८+८?

१६

१६+१६?

३२

३२+३२?

६४...यहाँ तक दादी भी बच्चे के साथ आनन्दित थीं क्योंकि वे भी बच्चे के साथ खेल रही थीं पर इसके आगे उन्हें कठिनाई होने वाली थीं ये वे मन ही मन जानतीं थीं पर बच्चा तो रूकना नहीं चाहता था । उसने आगे कहा - ६४+६४ ?

'दो चैस बोर्ड '

पोता एक पल को हतप्रभ रह गया और बोला - क्या ?कैसे ?

एक चैस बोर्ड में ६४ खाने होते हैं ना ! दादी ने मुस्कुराते हुए कहा
'वैरी क्लैवर दादी ' बच्चा दादी के जवाब से चकित था , और काफ़ी
प्रभावित भी। तालियाँ बजाकर उसने ना केवल दादी की प्रशंसा की ब्लकि
यह भी कहा कि दादी आपने तो कमाल कर दिया ।
दादी अपनी प्रत्युत्पन्नमति से ख़ुश हुईं और बच्चा अपनी दादी के उत्तर
से ।दोनों के संबंध प्रगाढ़ तो हुए और ये सिद्ध हुआ कि दादी दादी ही
होतीं हैं ।

लेखिका
रेनू अग्रवाल

22

एटीट्यूड

मैं एक सेल्फ़ मेड महिला हूँ । बेहतरीन चित्रकार , पाक कला में कुशल , लेखिका , कवयित्री , इंटीरियर डेकोरेटर ....स्वनामधन्य लोगों से मेरा परिचय है ।स्वाभाविक है कि मुझे ख़ुद पर थोड़ा अतिरिक्त गर्व आ जाए ।गर्दन तन जाए , चेहरे, गालों पर चमक बढ़ जाए और एटीट्यूड बदल जाए ।

सोशल मीडिया ने मेरे पँखों को उड़ान दी । प्रशंसक बढ़े और ईर्ष्यालु भी । हर कोई जब मेरी तारीफ़ करता तो मैं एक पायदान और चढ़ जाती ।

फिर हुआ यूँ कि एक परिचिता से यूँ ही विचार वैभिन्य हुआ ।बात सोशल मीडिया पर हुई थी तो वहीं ख़त्म हो जानी चाहिए थी पर मैं गर्विता ! इतने सारे विशेषणों की स्वामिनी ! मुझे क्या ज़रूरत थी उस एक परिचिता की !

यूँ हम कविता कहानी के एक ऐसे ग्रुप में भी थे कि महीने दो महीने में हमारी मुलाक़ात भी हो जाती थी पर मैं तो गर्वीली ! मैं तो प्रसिद्ध ! मुझे क्या ज़रूरत थी एक साधारण सी लेखिका की । मेरे इतने सारे प्रशंसक थे ! फ़ॉलोवर्स थे !मेरी पोस्ट पर मिनटों में ढेर लाइक्स / कमेंट्स आ जाते थे ।

उसके भी आते थे कमेंट्स मेरी पोस्ट पर , पर कभी कभी ही ।उसने मुझे थोड़ा छोड़ा पर मैंने तो पूरा छोड़ दिया था उसे।

तभी मुझे बहुत प्रसिद्ध एक कला दीर्घा में अपने चित्रों की प्रदर्शनी लगाने का मौक़ा मिला । मेरे लिए यह सपना पूरा होने जैसा था ।

पिछले एक साल से मैं इसकी तैयारी कर रही थी । ढेरों तस्वीरें बनाईं , परखीं , कुछ खुद ही पास कीं ,कुछ फेल ।अपनी प्रदर्शनी के उद्घाटन के लिए कई नामचीन नाम सोचे ताकि जनता पर ज़ोरदार प्रभाव पड़े ।

अपने प्रशंसकों - दोस्तों से यह ख़ुशख़बर शेयर की । कला दीर्घा ने मेरे नाम का जो बैनर बनाया था सीधे उसी को मैंने अपनी टाइम लाइन पर पोस्ट किया ।

मेरे पोस्ट करते ही धड़ाधड़ बधाई और शुभकामनाएँ आने लगीं ।मैं कामयाबी के नशे में डूब उतरा रही। बधाइयों का उत्तर देते देते शाम हो गई कि उसका कमेंट दिखा । मैंने सोचा कि आया अब ऊँट पहाड़ के नीचे । आख़िर प्रभावित हो गई ना वह मेरी इस कामयाबी से !है ही इतनी बड़ी बात !

पर यह क्या ! उसने लिखा था कि बधाई हो , पर बैनर में आपके नाम की स्पेलिंग ग़लत हो गई है ,ज़रा देख लीजिएगा ...एक फूल , एक दिल और मुस्कुराते हुए स्माइली के साथ उसने अपना कमेंट पूरा किया था ।

हाय राम ! मैं बादलों के उड़ते रथ से जैसे काँटों पर आ गिरी ! इतने इतने लोगों ने देखा , कमेंट्स किए , किसी ने ना देखा कि मेरा नाम ही ग़लत लिखा है ! और मैं खुद ही ना देख सकी तो किसी और को क्या दोष देती !

खुद को सभॉलते हुए तुरंत उसे जवाब दिया , धन्यवाद कि आपने ध्यान दिया , ठीक करवाती हूँ ...और उसे एक स्माइली भेजा ।
पर अब मैं उहापोह में थी , असमंजस में थी , यह बात मुझे खाने लगी कि उसने मेरा नाम क्यों ठीक करवाया ? या सिर्फ़ उसी ने ठीक से पढ़ा यह बैनर ?

इस सवाल ने मुझे देर रात तक सोने ना दिया तो मैंने कहानी वाले ग्रुप से उसका फ़ोन नं॰ निकाला और उसे मैसेज किया और अपना सवाल पूछा ।

सुबह सुबह उसका उत्तर आया ,' आप और मैं लेखिका है , दूसरों की संवेदनाओं को समझतीं हैं ,

हम कहानियाँ पढ़ते हैं , सुनते हैं और आप पास बिखरी कहानियों को महसूस करके लिखते भी हैं ।

हम ही यह बात बहुत बेहतरीन ढंग से महसूस करते हैं और किसी को भी समझा सकते हैं कि दुश्मनी , लड़ाई या वादविवाद को केवल प्रेम से ख़त्म किया जा सकता है ।

जिस बात को हम जानते हैं , अपनी कहानियों में दिखाते हैं उसे जीवन में भी तो उतारना चाहिए ।

पहले मुझे लगा कि आपके ढेरों प्रशंसक आपके नाम की तरफ़ आपका ध्यान आकर्षित कर ही देंगे , पर ...यह सुअवसर मुझे मिलना था ...उसने पुनः स्माइली और हार्ट के साथ अपनी बात पूरी की ।

सुबह उठते ही मैंने सबसे पहले उसका संदेश पढ़ा और अपनी प्रदर्शनी के उद्घाटन के लिए उसी से आग्रह करने का विचार करते हुए उसका फ़ोन मिलाने लगी ।

अब हाथ मिलाने के लिए हाथ बढ़ाने की मेरी बारी जो थी !!

लेखिका

रेनू अग्रवाल

23

नया फ़ोन

बारह सहेलियों के उस समूह में सात के पास आई फ़ोन थे ।

ऐसा भी नहीं था कि उन्हें आई फ़ोन का दिखावा करना था या किसी से होड़ थी ।

बस उन सखियों के पति अपनी अपनी पत्नियों की पसंद 'आई फ़ोन' अफोर्ड कर सकते थे ।

तो उस समूह में आई फ़ोन कोई ख़ास जगह ना लेते हुए भी ख़ास महत्व रखता था !

ये भी बात महत्वपूर्ण ना थी कि किसी के पास 6S था तो किसी के पास 7 और 11भी! आई फ़ोन होना बहुत साधारण भी था और बहुत ख़ास भी ।

और फिर एक पार्टी के दौरान एक सहेली ने बड़ी अदा से अपने फ़ोन से सब सहेलियों के फ़ोटो खींचने का उपक्रम किया ।

अचानक माहौल बदल गया । हाय भाभी ये आपका नया फ़ोन है ? बर्थडे गिफ़्ट ? कौन सा है ? 1plus10pro !बड़ा सुंदर है ! कलर बहुत स्वीट है ! ज़रा दिखाना तो ! मैं ने भी अपनी बेटी के लिए स्काई ब्ल्यू बैक वाला फ़ोन लिया है !

और वह नया फ़ोन पल भर में प्रेमचंद की 'ईदगाह' कहानी के जैसे हामिद के चिमटे में बदल गया और सारे आई फ़ोन्स मोहसिन के भिश्ती

, नूरे के वकील ,महमूद के सिपाही की तरह कोने में दुबके रहे और 1plus10pro आई फ़ोन स्वामिनियों के हाथों हाथ सैर करता , प्रशंसा पाता अपने भाग्य पर मुस्कुरा उठा ।

लेखिका

रेनू अग्रवाल

24

पापा की शादी

सुबह- सुबह लगभग 7 बजे के आसपास अमेरिका से भैय्या का वीडियो कॉल आया। मैं चौंकी ! कभी समय न निकाल पाने वाले भाई आज खुद कॉल कर रहे हैं। फौरन कॉल उठाया और बोली,

"नमस्ते भैया।"

"हाँ ठीक है -ठीक है।" भैया ने अपने चिर परिचित अंदाज में जवाब दिया। हम दोनों में लगभग 12 वर्षों का अंतर है इसलिए भैया मुझे बच्ची ही समझते हैं जबकि मैं दो बच्चों की मां बन चुकी हूँ।

भैया आगे बोले,

"तुमने कुछ सुना कि नहीं, पापा जी शादी कर रहे हैं उसी नर्स से जो मां के जाने के बाद से उनकी सेवा कर रही है।

मैं तो अभी आ नहीं सकता। तुम ही उन्हें समझाओ अब बुढ़ापे में भद्द क्यों पिटवा रहे हैं।"

शायद पापा जी के पड़ौस में रहने वाले अंकल ने उन्हें फ़ोन किया था।

मैं छोटी तो जरूर हूँ पर पापा के लिए इस तरह की भाषा के लिए मैंने उन्हें डांट दिया। वे बोले,

"अच्छा सॉरी-सॉरी, पर पापा को समझाओ जरा।तेरी तो सुन भी लेते हैं। मुझसे तो सदा नाराज ही रहतें हैं।" मैं बोली,

"अभी दो दिनों पहले ही तो हमारी बात हुई। तब तो कुछ नहीं बोले। वीडियो कॉल पर बातें तो जाती हैं पर बहुत दिनों से मुलाकात नहीं हुई

है। आज हम तीनों, मैं मनोज और विकी की छुट्टी है हम उनसे मिलकर आते हैं दो घंटे का तो रास्ता है। देखतें हैं मामला क्या है।

पापा जी के चरण स्पर्श करके मैं पापा के पास ही पलंग पर बैठ गई। कुछ इधर-उधर की बातों करके मैं माहौल बना रही थी कि पापा ही बोल पड़े,

" अंजू बेटी, मैं जो मेरी नर्स हैं न कस्तूरी उससे कल शादी करने वाला हूँ। बेटी, कुछ कहने के पहले मेरी पूरी बात ध्यान से सुन।" मैं सुनने लगी।

कुछ क्षणों के 'पाज' के बाद वे बोले,

" बेटी, तेरी मां के जाने के बाद से लगभग 15 वर्षों से कस्तूरी और उसकी लड़की दीपा मेरी तन-मन से सेवा कर रहीं हैं।

कस्तूरी विधवा है।

दीपा अभी पढ़ रही है।

कई बार नियंत्रण नहीं रहता तो सब बिस्तर पर ही हो जाता है पर वो बिना किसी शिकन के साफ करती है।

खाना भी बना कर खिलाती और दोनों में से कोई न कोई सदा मेरे पास बनी रहतीं है।

कस्तूरी जिस प्राइवेट हॉस्पिटल में काम करती है। वहां उसे 9000 रूपये मिलते हैं।

बताओ आज के समय में इतने रुपयों में क्या होता है।

मैं 80 का हो चुका हूँ।

अब लगता है कि कभी भी बुलावा आ सकता है। मुझे 50000 + पेंशन मिलाती है।

अगर मैं कस्तूरी से शादी करता हूँ तो मेरे बाद आधी यानी लगभग 25000 रूपये, कस्तूरी को पेंशन मिलेगी।

मैं तो चला जाऊंगा पर उसका भला हो जाएगा।

बाकी सब मैंने वकील अंकल से मिलकर सारी लिखा पढ़ी कर दी है। उनसे मिल कर पता कर लेना।

बस बेटी अब खुश होकर उदार हृदय से 'नई मां का स्वागत करो।"

पापा जी के वृतांत के बाद मैं अवाक् रह गई।

लेखिका
सुजाता गुप्ता

25

परेशानियाँ दूर करने वाला पेड़

सरला नाम की एक महिला थी । रोज वह और उसके पति सुबह ही काम पर निकल जाते थे ।

दिन भर पति ऑफिस में अपना टारगेट पूरा करने की 'डेडलाइन' से जूझते हुए साथियों की होड़ का सामना करता था। बॉस से कभी प्रशंसा तो मिली नहीं और तीखी-कटीली आलोचना चुपचाप सहता रहता था ।

पत्नी सरला भी एक प्रावेट कम्पनी में जॉब करती थी । वह अपने ऑफिस में दिनभर परेशान रहती थी ।

ऐसी ही परेशानियों से जूझकर सरला लौटती है। खाना बनाती है।

शाम को घर में प्रवेश करते ही बच्चों को वे दोनों नाकारा होने के लिए डाँटते थे पति और बच्चों की अलग-अलग फरमाइशें पूरी करते-करते बदहवास और चिड़चिड़ी हो जाती है। घर और बाहर के सारे काम उसी की जिम्मेदारी हैं।

थक-हार कर वह अपने जीवन से निराश होने लगती है। उधर पति दिन पर दिन खूंखार होता जा रहा है। बच्चे विद्रोही हो चले हैं।

एक दिन सरला के घर का नल खराब हो जाता है । उसने प्लम्बर को नल ठीक करने के लिए बुलाया ।

प्लम्बर ने आने में देर कर दी। पूछने पर बताया कि साइकिल में पंक्चर के कारण देर हो गई। घर से लाया खाना मिट्टी में गिर गया, ड्रिल मशीन खराब हो गई, जेब से पर्स गिर गया...।

इन सब का बोझ लिए वह नल ठीक करता रहा।

काम पूरा होने पर महिला को दया आ गई और वह उसे गाड़ी में छोड़ने चली गई।

प्लम्बर ने उसे बहुत आदर से चाय पीने का आग्रह किया।

प्लम्बर के घर के बाहर एक पेड़ था। प्लम्बर ने पास जाकर उसके पत्तों को सहलाया, चूमा और अपना थैला उस पर टांग दिया।

घर में प्रवेश करते ही उसका चेहरा खिल उठा। बच्चों को प्यार किया, मुस्कराती पत्नी को स्नेह भरी दृष्टि से देखा और चाय बनाने के लिए कहा।

सरला यह देखकर हैरान थी।

बाहर आकर पूछने पर प्लंबर ने बताया - यह मेरा परेशानियाँ दूर करने वाला पेड़ है।

मैं सारी समस्याओं का बोझा रातभर के लिए इस पर टाँग देता हूं और घर में कदम रखने से पहले मुक्त हो जाता हूँ। चिंताओं को अंदर नहीं ले जाता।

सुबह जब थैला उतारता हूं तो वह पिछले दिन से कहीं हलका होता है।

काम पर कई परेशानियाँ आती हैं, पर एक बात पक्की है- मेरी पत्नी और बच्चे उनसे अलग ही रहें, यह मेरी कोशिश रहती है।

इसीलिए इन समस्याओं को बाहर छोड़ आता हूं।

प्रार्थना करता हूँ कि भगवान मेरी मुश्किलें आसान कर दें।

मेरे बच्चे मुझे बहुत प्यार करते हैं, पत्नी मुझे बहुत स्नेह देती है, तो भला मैं उन्हें परेशानियों में क्यों रखूँ।

उसने राहत पाने के लिए कितना बड़ा दर्शन खोज निकाला था...!

यह घर-घर की हकीकत है। गृहस्थ का घर एक तपोभूमि है।

सहनशीलता और संयम खोकर कोई भी इसमें सुखी नहीं रह सकता।

जीवन में कुछ भी स्थायी नहीं, हमारी समस्याएं भी नहीं।

प्लंबर का वह 'समाधान-वृक्ष' एक प्रतीक है।

क्यों न हम सब भी एक-एक वृक्ष ढूँढ लें ताकि घर की दहलीज पार करने से पहले अपनी सारी चिंताएं बाहर ही टाँग आएँ..।

लेखिका

सुजाता गुप्ता

26

बदली हुई सास

ऑफिस में देर होने के कारण हड़बड़ाती काजल घर पहुंची, तो पति राजीव किचन में खड़े थे. काजल यह देखकर हैरान रह गई कि राजीव ने सब्ज़ियां डाल कर पुलाव बना लिया था और रायता बनाने की तैयारी कर रहे थे.

बेशक किचन कुछ फैला हुआ था, लेकिन फिर भी जिस काम की टेंशन से काजल का दिलोदिमाग़ भारी हो रहा था, वो हुआ मिला तो उसने राहत की सांस ली.

उसका तनाव एक क्षण में तिरोहित हो चुका था... यह उसके लिए हर्ष मिश्रित आश्चर्य की बात थी कि राजीव रसोई का काम करना जानते थे.

अभी इस झटके को वो आत्मसात कर ही रही थी कि एक नई चिंता उसे सताने लगी. राजीव तो काजल की मदद करने के लिए खाना बना रहे थे, पर सासू मां? वो कहां थीं?

आज पहली बार मैं उनके सामने इतनी देर से आई हूं, पता नहीं वो सीधे मुंह बात भी करेंगी या नहीं...

काजल अभी भी रसोई में खड़ी सोच ही रही थी कि राजीव ने उसकी आंखों के सामने हाथ लहराया,

"नींद से जागो मैडम, अब तक तुम्हें बचाने के चक्कर में मां की लल्लो-चप्पो कर रहा था. अब आगे तुम ख़ुद संभालो, मां बहुत गुस्से में है. अभी कह रही थीं, "बहू- बेटियों का इतनी देर तक बाहर रहना ठीक

नहीं. ऐसे जॉब का भी क्या फ़ायदा, जो आदमी को घर ही भुला दे... हम पहली बार यहां तुम दोनों के पास आए हैं, कम से कम हमारा ही लिहाज कर लेती. अभी ये हाल है, तो आगे पीछे पता नहीं क्या करती होगी."

पति की बातें सुनकर काजल के हाथ-पैर ठंडे हो गए. काजल और राजीव की शादी को अभी तीन महीने ही तो हुए थे... काजल जहां अपने माता-पिता की इकलौती संतान थी, वहीं राजीव अपने तीन भाई-बहनों में सबसे छोटे थे.

पढ़ने-पढ़ाने और उसके बाद नौकरी के चक्कर में दोनों को ही लव-शव का समय ही नहीं मिला.

सही समय पर पैरेंट्स ने मिलवाया, तो दोनों को ही एक-दूसरे का साथ भा गया. इसमें इस बात की भी बहुत बड़ी भूमिका थी कि दोनों एक ही शहर मुंबई में जॉब करते थे.

चट मंगनी पट ब्याह हुआ और शादी के फ़ौरन बाद ही दोनों अपनी-अपनी नौकरी के कारण कानपुर से मुंबई आ गए थे.

अभी एक-दूसरे को जानने-समझने की कोशिश कर ही रहे थे कि पिछले हफ़्ते राजीव के माता-पिता उनके साथ समय बिताने की इच्छा लिए उनके पास रहने आ गए.

काजल को यूं तो अपनी सास से कोई परेशानी नहीं थी, लेकिन उनकी ज़रूरत से ज़्यादा अनुशासित जीवन जीने की आदत कभी-कभी काजल को परेशान कर देती थी.

राजीव की मां एक अध्यापिका थीं और कुछ समय पहले ही सेवानिवृत हुई थीं. अपने पूरे जीवन में उन्होंने हर काम बहुत सलीके से और समय पर किया था.

इस सलीके और अनुशासन की उनको इतनी आदत पड़ चुकी थी कि अब अगर मस्तमौला काजल की कोई बात उन्हें पसन्द न आती, तो वो कहतीं तो कुछ नहीं, लेकिन उनके हाव-भाव काजल को बता देते थे कि उन्हें ये बात पसंद नहीं आई है.

काजल, जो पहले से ही डरी हुई थी, राजीव की बातों से और घबरा गई. उसने जल्दी से मुंह-हाथ धोया... कपड़े बदले और हिचकिचाते हुए अपने सास-ससुर के कमरे में उनसे बात करने चली गई.

"अरे काजल! आ गई? आज बहुत देर हो गई...".उसे देखते ही सास के मुंह से निकला.

"वो... हां मां..." काजल ने कुछ कहने की कोशिश की इससे पहले ही उसकी सास ने उसे टोक दिया, "तुम्हारा चेहरा पीला पड़ गया है. बहुत थकी हुई लग रही हो... जाओ! जाकर खा-पीकर समय पर सो जाओ."

काजल को कुछ समझ नहीं आ रहा था. मां इतनी शांत कैसे हैं? शायद ये तूफ़ान से पहले की शांति है.

सोच में डूबी काजल के मुंह से निकला, "मां, आप और पापा खाना..." बाकी शब्द उसके मुंह में ही रह गए.

"तुम्हारे पापा और मेरे लिए मैंने दलिया बना लिया था. तुम जानती हो हम ज़्यादा लेट खाना नहीं खाते."

सास की बात सुनकर काजल के दिमाग़ में अनार फूटा, 'आ गईं अपने रूल्स एंड रेगुलेशंस पे, अब क्लास लेंगी मेरी.'

सासू मां की आवाज़ ने उसके दिमाग़ के सरपट दौड़ते घोड़ों को फिर से ब्रेक लगाया.

"तुम दोनों के लिए पुलाव राजीव ने बना लिया है. कुछ और चाहिए तो बता दो, मैं बना देती हूं."

अपनी सास की बात सुनकर काजल सकपकाई सी उनका चेहरा देखने लगी, मानो कोई चोरी पकड़ी गई हो.

"इतना हैरान मत हो बेटा, मैं जानती हूं कि कभी-कभी मेरा व्यवहार कुछ ज़्यादा ही सख़्त हो जाता है, क्योंकि मुझे लगता है कि हर व्यक्ति को अपनी ज़िम्मेदारी समयनुसार निभानी चाहिए. इसका मतलब यह नहीं है कि मैं एक कामकाजी महिला की समस्याओं को समझ नहीं सकती.

मैंने स्वयं जीवनभर स्कूल में पढ़ाया है और मैं अच्छी तरह से जानती हूं कि एक औरत के लिए घर-बाहर की दोहरी ज़िम्मेदारी निभाना कितना मुश्किल होता है.

सारे काम सिर्फ़ उसके हिस्से में न आ जाएं,

इसलिए मैंने अपने बच्चों को घर का काम सिखाया है. आज मैं चाहती तो खाना बना सकती थी, लेकिन यहां तुम्हारे साथ राजीव को

रहना है. हम तो दो-चार दिन रहकर चले ही जाएंगे... राजीव को अपनी पत्नी का हाथ बंटाने की आदत होनी चाहिए.

मैंने हम दोनों के लिए खाना बनाकर अपने बेटे का बोझ तो हल्का कर दिया, पर उसे ये याद रखना होगा कि तुम्हारा बोझ हल्का करने की ज़िम्मेदारी उसकी है."

अपनी पत्नी और मां की बातें सुनते ससुरजी और राजीव के होंठों पर तो मुस्कुराहट थी ही काजल को भी अनुशासित सास में छिपी स्नेहिल मां नज़र आ गई थी.

उसने मन ही मन अपने पिता को धन्यवाद दिया, जिन्होंने उसके लिए इतना सुलझा हुआ परिवार चुना था.

सास-ससुर को गुड नाइट बोलकर काजल और राजीव उनके कमरे से बाहर निकले, तो काजल को झूठ-मूठ धमकाने के लिए राजीव ने कान तो पकड़े पर उसकी आंखें अभी भी शरारत से चमक रही थीं, परंत काजल की आंखों में राजीव के लिए बस प्यार ही प्यार और भविष्य के सुनहरे सपने थे.

लेखिका

सुजाता गुप्ता

27
मौत के करीब

जब मैं दिल्ली लॉ की पढ़ाई करने गया था तो हॉस्टल में बेहतरीन मीट आने से और विदेशी छात्रों के संपर्क में आने से, मैं भी मांसाहारी हो गया था.

बरेली आकर भी ये क्रम जारी था.

एक दिन मेरे स्कूटर का टायर पंक्चर हो गया और मैं पास से ही एक मैकेनिक को बुलाकर लाया टायर बदलने को.

शाम का माहौल था. हलकी हलकी सुरमई हवा चल रही थी.

चारों ओर घने वृक्ष थे जो बेहद ऊँचे थे.

मैं इस प्राकिर्तिक सौंदर्य का आनंद ले रहा था और मैकेनिक टायर बदल रहा था.

वहीं पास में एक आदमी ने सड़क के किनारे तख़त लगा कर उसमे मुर्गे, दडबों में रखे हुए थे.

ये मुर्गे अनुकूल हवा होने के कारण बहुत खुश थे और प्रकृति का आनंद उठाते हुए खूब कुक्क डू कूँ कर रहे थे.

एक समय एइसा आया कि वे आपस में शायद बात करने लगे या शायद लड़ने लगे और उनकी कुक्क डू कूँ का स्वर तीक्ष्ण हो गया था.

मुझे जो स्वर अभी तक अच्छा लग रहा था तीक्ष्ण होने के कारण बुरा लगने लगा.

खैर, मुझे क्या.

मै पुनः अपने स्कूटर और प्रकृति में मगन हो गया .

तभी मैंने देखा कि एक ग्राहक आया उसने मुर्गे वाले से मुर्गे खरीदने कि इच्छा जताई .

मुर्गे वाले ने दडबों से, दो तीन मुर्गों को गर्दन से पकड़ कर बाहर निकाला .

उनमें से एक मुर्गा ग्राहक को पसंद आ गया .

कसाई ने उसको बाहर निकाला और निर्ममता से उसके सारे पंख नोंचे .

फरसे से उसकी गर्दन, खट से काटी .

और फटाफट उसके शरीर के छोटे छोटे टुकड़े करके पोली थीन में पैक करके ग्राहक को दे दिए .

चंद मिनट पहले जो मुर्गा शोर मचा रहा था, अब वो मृत्यु को प्राप्त होकर, किसी का भोजन बन ने जा रहा था .

मैंने महसूस किया कि मुर्गे अब चिल्ला नहीं रहे थे , चीख नहीं रहे थे , एकदम से गहन शान्ति हो गई थी .

बरबस ही मेरा ध्यान उन मुर्गों के दडबों की तरफ गया .

सभी मुर्गे भय के कारण काँप रहे थे और भय से उनके गाल और नथुने तक थर थर हिल रहे थे .

अपने मित्र का हाल देख कर उन्हें अपने आने वाले कल का अहसास हो गया था .

उन्हें पता चल गया था कि मौत उनके कितने करीब खड़ी है

उस घटना का मुझ पर भी गहरा असर हुआ .

मैं पूर्णतया शाकाहारी हो गया .

लेखक

रजत बिन्दल, एडवोकेट

28

नासमझ अपराधी

कचहरी पहुँचने पर मैं अपनी कार, अतिरिक्त जिला मजिस्ट्रेट के कार्यालय के सामने पार्क कर देता हूँ.

यहाँ पर कार सुरक्षित रहती है और मेरे कार्यालय से नजदीक भी रहती है .

शाम को ७ बजे के आस पास जब कार्या लय का काम समाप्त हो जाता है तो कार लेकर घर को रवाना हो जाता हूँ.

जिले का मुख्य प्रशासनिक कार्यालय होने के कारण , शाम के वक्त पुलिस, उसी दिन, छोटे छोटे अपराधों (मसलन जेबकतरे, उठाई गीर, छोटे मोटे चोर आदि) में पकडे गए व्यक्तियों को लाती है और मजिस्ट्रेट के सामने पेश करती है .

कुछ मुजरिमों को जमानत पर रिहा कर दिया जाता है .

कुछ मुजरिमों को पूछताछ के किये पुलिस हिरासत में भेज दिया जाता है .

पुलिस उन छोटे अपराधियों से कोई मारपीट नहीं करती है क्यूंकि वो जानती है कि ये बेचारे गरीब लोग हैं और हालात की मजबूरी की वजह से चोर बन गए हैं .

ट्रायल के बाद इन अपराधियों को अक्सर चार या ६ माह की जेल होती है और उसके बाद इनको रिहा कर दिया जाता है .

कल की बात है .

इसी तरह का एक अपराधी या यूँ कहें कि मुलजिम वहां पर पुलिस व पब्लिक के साथ मजिस्ट्रेट के कोर्ट के सामने इंतज़ार कर रहा था .

जाने उसे क्या समझ आया, मौक़ा देखते ही, वो पुलिस की गिरफ्त छुडा कर भागा .

उसको पकडवाने वाले लोगों में अधिकतर नौजवान थे .

वे सभी उसके पीछे भागे .

पुलिस वाले उसको हर चंद रोकते रहे, समझाते रहे .

उन नौजवान लड़कों ने उस चोर को पकड़ लिया और सबने मिलकर उसे लात घूंसों से बहुत पीटा .

वो जितना भागने का प्रयास करता , नौजवान उसको उतना ही अधिक घसीट घसीट कर पीट रहे थे .

पंद्रह से बीस नौजवानों के ताक़तवर हाथों और पैरों के प्रहार वो किस तरह झेल रहा होगा , ये तो वही बता सकता है .

अगर पुलिस वालों ने उसे आकर छुड़वाया न होता तो शायद जनता उसको जान से मार डालती .

कानून में उसके अपराध की जितनी सजा लिखी है उस से कई गुना अधिक सजा तो जनता ने ही दे डाली .

कितना नासमझ था वो हमारा अपराधी .

लेखक

रजत बिन्दल , एडवोकेट

www.ingramcontent.com/pod-product-compliance
Lightning Source LLC
Chambersburg PA
CBHW040126150726
48005CB00015B/2383